Andre Pfeifer

Das Phönix Projekt

Andre Pfeifer wurde 1968 in Weimar geboren und wohnt in Thüringen. Aber sein wahres Leben findet nicht daheim statt, denn auf zahlreichen Reisen von Alaska bis Australien entdeckte er seine Liebe zu Natur und Abenteuer, die auch in seine Romane einfließt.

Andre Pfeifer

Das Phönix Projekt

Bibliografische Information der Deutschen Nationalbibliothek:
Die Deutsche Nationalbibliothek verzeichnet diese Publikation
in der Deutschen Nationalbibliografie; detaillierte bibliografische
Daten sind im Internet über www.dnb.de abrufbar.

Umschlagfotos: Andre Pfeifer
Blick von Mt. Banks,
Blue Mountains National Park, Australien
Blick von The Tower,
Sydney, Australien

Verlag:
BoD · Books on Demand GmbH,
In de Tarpen 42, 22848 Norderstedt,
bod@bod.de
Druck:
Libri Plureos GmbH, Friedensallee 273,
22763 Hamburg

ISBN 978-3-7357-2065-8

Dieses Buch ist dem Leben
auf unserer Erde gewidmet

Liebe Leser,

vor vielen Jahren schrieb ich eine Kurzgeschichte, in der sich zwei alte Männer sehr kritisch mit unserer Umweltpolitik auseinandersetzten und einen haarsträubenden Plan entwarfen, um die Natur auf unserem Planeten für immer zu retten.

Im vorliegenden Buch verfolge ich diesen Gedanken weiter. In ferner Zukunft finden Jugendliche eine Abschrift jener Kurzgeschichte. Daraufhin hinterfragen sie die Welt, in der sie leben, und stellen fest, dass ein unvorstellbares Geheimnis auf ihr liegt.

Andre Pfeifer
Mai 2019

Inhalt

Vergangenheit

Eric sortiert die uralten Zettel in seinen Händen. Das Papier ist vergilbt, die Schrift kaum zu erkennen. Dann sieht er seine Freunde an und beginnt die Geschichte vorzulesen, die er ihnen versprochen hatte, eine Geschichte aus der Zeit vor dem Bau der großen Kuppelstädte.

*

Das Phönix Projekt
Wring, wring!
Es klingelte zum dritten Mal.
Er war zu spät. Wie zu Schulzeiten, als sein Freund fast jeden Tag auf ihn warten musste. Ein kurzer Blick in den Spiegel zeigte ihm erneut, wie alt er geworden war. Nur noch graues Haar.
Er schmunzelte. Ja, graues Haar. Aber

9

einige aus seiner alten Klasse hatten lichtes Haar. Oder gar keines mehr, wie sein Freund, der vor der Tür wartete. Er griff seine Jacke und sprang mit drei Schritten die Treppe hinunter. Wie damals!

„Ich brauche mich wohl nicht zu entschuldigen …"

„Nein. Vier Kilometer Fußweg. Da können wir viel Zeit herausholen."

„Wie wäre es mit Jogging?"

„So hatte ich das nicht gemeint."

„Zu alt?"

Sein Freund lachte. „Nein. Es würde ewig dauern, bis du dich umgezogen hättest. Und verschwitzt aufs Klassentreffen? Es genügt, dass wir auf diesem staubigen Forstweg durch den Wald dorthin laufen."

„Was du ‚Wald' nennst. Wir können froh sein, dass sie ein paar Bäume stehen gelassen haben. Seitdem Öl und Gas nur noch in Motoren verbrannt werden dürfen, geht es dem Wald für die Heizungen an den Kragen."

„Ja, ein Holzhaus wie du es damals gebaut

hast, kann sich heute keiner mehr leisten. Holz ist wertvoller als Öl."

Er seufzte. „Die machen den ganzen Planeten zur Sau. Alles wird der sogenannten Ökonomie untergeordnet." Lästernd hob er die Hände. „Wir können uns Wald allein als Erholungsgebiet nicht leisten." Dann fuhr er nachdenklich fort. „Erinnerst du dich an den See mit dem Steg und der Hütte, die plötzlich abgerissen wurden."

„Ja, mitten im Wald. Entweder du kamst mit dem Rad oder zu Fuß. Bist du dort nicht wöchentlich schwimmen gewesen?"

Er lachte. „Ja, während meiner Joggingrunde. Im Winter musste ich ein Loch ins Eis brechen." Betrübt blieb er stehen. „Nun gibt es kein Eis mehr. Und keinen Schnee. Verdammt. Ich dachte, wir kriegen das hin mit dem Klimaschutz. Wie beim Ozonloch. Da hat es geklappt. Keine FCKW mehr in die Luft und es wurde besser."

Auch sein Freund verharrte. „Kohlendioxid ist eben etwas anderes. Das lässt sich nicht einfach wegregeln. Da hängt zu viel

Bequemlichkeit dran. Keiner will vier Kilometer zu Fuß gehen. Komm weiter!"

„Als Obama amerikanischer Präsident wurde und zu einer der letzten Klimakonferenzen nach Kopenhagen fuhr, erinnerst du dich, vor über 20 Jahren, da dachte ich, jetzt kommen ein paar konkrete Richtlinien. So etwas wie: ‚Ab 2020 darf kein Öl mehr verbrannt werden.‘ Aber nichts geschah. Diese Idioten freuten sich noch, als das Grönlandeis schmolz und die Arktis jeden Sommer eisfrei wurde, sodass sie dort an das Öl herankamen."

„Das verlangsamte aber die Abholzung der kanadischen Wälder. Ölsandgeschäfte wurden unrentabel."

„Du siehst in allem etwas Positives, hm? Selbst in der größten Not?"

„Und du? Hast du alle Hoffnung verloren? Warum arbeitest du nicht mehr im Naturschutz?"

„Weil er auch ohne mich prima funktioniert. Wo keine Wälder oder Bodenschätze sind, werden Nationalparks eingerichtet, *in Wüsten und Steppen. Als Ausgleich für die Parks, deren Ressourcen geplündert werden. Und mit dem Klimawandel hat die Menschheit selbst die unberührten Regionen dieser Erde erreicht. Entweder kein Regen oder Überschwemmungen, entweder Kälte oder Hitze und Brände. Und jede Menge Orkane. Die Menschheit ist einfach zu blöd. Der letzte Dreck! Die …"*

„Das kannst du so nicht sagen!" Sein Freund klang wütend und stoppte.

Er wurde laut. „Doch. Kann ich! Weil es die Wahrheit ist! Und ich meine ‚die Menschheit‘, nicht einzelne Menschen."
Seine Stimme wurde wieder leiser. „Es ist die bescheuerte Gesellschaft, die so groß und komplex geworden ist, dass einzelne Menschen, ihr Wissen und Können und ihr guter Wille absolut nichts zählen! Wir können nichts verändern. Niemand kann das. Weil das System ein Selbstläufer ist. Ohne Kontrolle durch uns Menschen. Einige nutzen es besser als die anderen und verdienen Millionen damit. Aber sie

kontrollieren es nicht. Obwohl jeder ein Baustein dieses Systems ist, ist er unbedeutend, weil er nur ein Zehnmilliardstel des großen Ganzen ist. Verstehst du? Um ein Prozent der Menschheit zu erreichen, müsste ich einhundert Millionen Bücher verkaufen. Unmöglich." Er sah seinem Freund in die Augen. „Ab und zu wurde ich gefragt, welches Buch, das ich einmal gelesen habe, mein Leben beeinflusst hätte. Meine Antwort war beschämend für einen Schriftsteller. Es war kein Buch. Es war ein Film. Kurz nach Kopenhagen kam „Avatar" in die Kinos. In der veralteten 3D-Technik. Du wirst ihn nicht gesehen haben."

„Nein." Sein Freund drängte zum Weitergehen.

„Hollywood. Tolle Effekte, einfache Story. Aber so schöne Bilder ..." Seine Augen begannen zu leuchten. „... von einem wunderbaren Planeten namens Pandora, den die Menschen fast vernichtet hätten, wegen der Bodenschätze, die es dort gab. Einige der Menschen haben den Bewohnern geholfen, die Menschheit von Pandora zu vertreiben. Sie hatten erkannt, wie verabscheuungswürdig ihre eigene Gesellschaft geworden war. Das ewige Streben nach Profit. Alles wird dem Gewinn untergeordnet. Für das, was sie unserer Erde antut, hasse ich die Menschheit. Aber ich finde niemanden außerhalb der kranken Gesellschaft mit dem ich mich verbünden und gegen sie kämpfen könnte."

„Frag mal die Tiere." Sein Freund grinste. „Nein, im Ernst, wie sollte der Kampf aussehen? Willst du alle Menschen umbringen?"

„Wenn das so einfach wäre …" Er versank in Gedanken und versuchte sich vorzustellen, wie sich die Erde erholen und das natürliche Leben augenblicklich entfalten würde.

„Könntest du es, wenn du die Macht hättest?" Sein Freund klang ernst.

„Es gibt auch Gutes. Unser Lachen, unsere Lieder, Theater, Kunst, Geschichten, die wir uns ausdenken, die vielen Spiele, Sport, unsere Art und Weise, den

Rest Natur zu genießen, der noch da ist." Er hielt kurz inne. „Die Menschen auszulöschen ist keine Lösung, eher einsperren. Bis wir von unserer unkontrollierten Vermehrung geheilt wären und, ohne weiteren Schaden anzurichten, das Tal der Dummheit durchschritten hätten. Vorher dürfen wir diesen Planeten nicht verlassen! Vielleicht sind wir die Einzigen im Universum, wahrscheinlich aber nicht. Würden wir jetzt den Sprung ins All schaffen, wären die anderen Welten in Gefahr dasselbe Schicksal wie unsere Erde zu erleiden. Keine Raumfahrt, das wäre ein Ziel!"

„Das wurde bereits erreicht, genügt aber nicht."

„Gar nichts wurde erreicht. Wir haben unzählige Sonden ins All geschossen. Wir waren auf dem Mond und wir könnten …"

Sein Freund unterbrach ihn. „Ja, wir könnten. Aber wir tun es nicht! Vor über sechzig Jahren sind die Amerikaner zum Mond geflogen. Dann strich Präsident Nixon die finanziellen Mittel. Ganz

plötzlich. Denkst du, das war Zufall?
Sieh dir unsere Autos an. Wir verbrennen
Ölprodukte in einem Motor, der im 19.
Jahrhundert erfunden wurde. Denn statt
unsere Mobilität auszubauen, entwickel-
ten wir die Kommunikationstechnik in
Riesenschritten. Wir leben in virtuellen
Welten, treffen uns im Internet, haben
digitales Fernsehen, Smartphones und
so weiter und wir versinken geradezu in
Bequemlichkeit. Ich denke, es gab schon
immer Menschen, die hinausblickten über
den ‚Tellerrand' ihrer Welt, auch unter den
Reichen und Mächtigen. Und genau diese
Menschen versuchen bereits zu bremsen
und zu lenken, seit es absehbar ist, dass die
Menschheit die Erde auf einen Abgrund
zusteuert.“

„*Und die haben das Internet erfunden,*
und Smartphones und 4D-Heimkino?“

„*Erfunden nicht, aber sie könnten das*
alles nutzen, um unsere Entwicklung in
eine bestimmte Richtung zu lenken, um
die Menschheit in Fernseh-, Internet- und

Smartphonewelten zu locken und zu kontrollieren." Sein Freund schaute sich um. „Wie vielen Menschen sind wir bis jetzt begegnet?"

Er stutzte. „Niemandem. Aber es wird bald dunkel."

„Es ist warm. Es regnet nicht. Sollte nicht irgendeiner der Zwanzigtausend, die um diesen Wald herum leben, den Abend unterm Sternenzelt genießen wollen, wie du in deinen Büchern angeregt hast?"

„Ich weiß, dass es nicht funktioniert hat."

„Und das ist gut so! Stell dir vor, die wären alle draußen in der Natur. Es gäbe keinen Ort der Stille und jede Menge Müll."

Er blieb stehen, als wäre er gegen eine Wand gelaufen. Gedanken rasten durch seinen Kopf. Gedanken, die Strohhalme zu einem dicken Seil flochten. Ein Seil, das er ergriff. Ein Seil, das sein gleichgültiges Dasein in der Abenddämmerung einer zerstörten Welt in zielstrebiges Handeln in der Morgendämmerung eines neuen Tages verwandelte. Nach einiger Zeit, die seinem Freund wie eine Ewigkeit vorkam, blickte er ihn an. „Was wäre, wenn die Menschheit sich nicht auf der ganzen Erde breit machen könnte, sondern wir sie in großen Städten und Ballungsgebieten einsperren würden? Was wäre, wenn wir uns aus ganzen Regionen dieser Erde verbannen würden, die Natur sich dort erholte und wir später zu ihr zurückfänden?"

Sein Freund sah ihn erfreut an. Er hatte gewusst, dass er ihn gewinnen würde. Einige Jahre schon sah er das Licht, das für die Erde scheinen könnte. „Ganze Landstriche würden aufblühen."

„Wie bringen wir die Menschen dazu, in diese großen Städte zu gehen?"

„Vielleicht kostenlose Flatrates für ihre Smartphones mit unbegrenztem Datenvolumen."

„Und wie halten wir sie drin?"

„Riesige Mauern, Kuppeldächer. Sie müssten glauben, dass die Luft draußen verseucht wäre."

„Das stört niemanden. Die ist in jeder Stadt verseucht."

„Ich meine richtig verseucht. Tödlich. Sofort tödlich …"

Viele Fragen verlangten Antworten. Ihm wurde klar, wie komplex ihr Plan war. Er konnte sich nicht vorstellen diese Idee umzusetzen, die Spinnerei zweier alter Männer, die sich jung fühlten?

Die Stimme seines Freundes schien in die Ferne gerückt. „… dann übergeben wir die Kontrolle einem Computer. Die sind unbe-stechlich und …"

Er unterbrach ihn. „Du glaubst, wir beide bekommen das hin?"

Sein Freund deutete nach vorn. „Unser Licht am Ende der Dunkelheit." Es waren die Lichter der Gastwirtschaft, des Ortes ihres Klassentreffens. Das Licht wurde heller. Die Stimme seines Freundes war fest. „Heute und hier fangen wir an. Wir alle kennen uns seit fünfzig Jahren. Wir sind nicht die dicksten Freunde, aber wir sind uns nicht fremd. Waren wir nicht die beste

Klasse, die jemals diese Schule besucht hat? Fast alle Mädchen haben studiert und die Hälfte der Jungs. Die meisten sitzen in einflussreichen Positionen im Finanz- und Versicherungswesen, in der Automobilindustrie. Wir haben drei Politiker und eine Ärztin, eine Uniprofessorin und zwei Gymnasiallehrer. Sie könnten aus ihren Schülern und Studenten die Richtigen auswählen. Was wir vorhaben benötigt Zeit und gute Leute. Vom Geld gar nicht zu reden. Wir müssen andere auf uns aufmerksam machen. Wir müssen in der Wüste einen Baum pflanzen. Vielleicht wird ein Wald daraus."

„Wie willst du herausfinden, wer diesen Wahnsinn mittragen würde?"

„Ich stelle ihnen eine Frage, jedem Einzelnen."

„Eine Frage? Und die wäre?"

„Schau, unsere Ärztin steht draußen und raucht. Fangen wir mit ihr an."

Sie winkte ihnen. „Wart ihr eigentlich jemals pünktlich?"

Sie umarmten sich kurz.

Sein Freund schmunzelte. „Gegenfrage: Was meinst du, kann Gott diesen Planeten retten?"

Die Ärztin lachte kurz auf. „Damit wäre er leicht überfordert. Ich glaube, dass Gott ein ganz armes Schwein ist. Er hat tausend Dinge geschaffen auf dieser Erde. Sie alle sind gut. Bis auf das eine. Und sein einziger Fehler zerstört sein ganzes Werk. Manche glauben, er habe die Erde längst verlassen. Ich denke, er hat soviel zu tun die Folgen seines Fehlers zu mildern, dass er niemals wieder schlafen wird."

Er sah seinen Freund an, nickte und lächelte.

Dieser zwinkerte ihm zu und schaute der Ärztin in die Augen. „Denkst du, wir sollten Gott helfen?"

„In der Vergangenheit hätten wir ihm vielleicht helfen können, aber in der Gegenwart …?"

Gegenwart

„Und du glaubst, das ist wahr?" Rica sieht Eric zweifelnd an.

„Keine Ahnung." Eric macht eine hilflose Geste mit der Hand und blickt seine Freunde entschuldigend an. „Das ist alles, was hier steht. Und ich dachte, ihr solltet das hören."

„Also ..." Rica zeigt auf die Blätter in Erics Hand. „Der alte Mann, von dem du immer Bücher ausleihst, hat dir einfach so diese Zettel gegeben?"

„Ja." Eric nickt. „Er sagte: ‚Lies das mal.'"

„Und wieso?" Patric richtet sich neben Eric auf und lässt die Beine von dem Eisenträger baumeln, auf dem sie sitzen.

„Wieso? Seit Jahren gibt er mir Bücher zum Lesen. Da frag ich doch nicht nach einem bestimmten Grund." Eric zuckt mit den Schultern.

„Aber jetzt solltest du fragen, denn diese Geschichte ist anders als alle Texte oder Bilder, die du uns irgendwann mal gezeigt hast."

Eric sieht Patric an. „Du meinst, es hat einen bestimmten Grund, dass er sie mir gegeben hat?"

„Eric ist auserwählt." Ricas Stimme klingt beschwörend und etwas spöttisch.

„Quatsch." Eric sitzt nicht mehr ganz so entspannt an einer der senkrechten Verstrebungen. Er deutet zu dem stillen Jungen auf einer Plattform weiter oben. „Genauso hätte er sie Luke geben können, er leiht sich dort auch Bücher aus."

Luke schaut herab, sagt aber wie immer kein Wort, obwohl er innerlich ziemlich aufgewühlt ist von der Geschichte.

„Vielleicht hat er die Zettel nicht Eric gegeben, sondern uns." Cara steht auf und balanciert auf einem Eisenträger zur nächsten Verstrebung. „Er weiß doch von uns.

Dass wir jeden Abend hier oben am Rand der Kuppel herumklettern, statt Abenteuer in der Oasis oder den anderen Internetwelten zu erleben. Wer außer uns liest heute noch Bücher? Wer weiß überhaupt, dass es noch Bücher gibt?"

Sie hält sich an einem senkrechten Pfeiler fest, lehnt sich über den Abgrund hinaus und zeigt zur leuchtenden Stadt zu ihren Füßen. „Die Zombies dort unten jedenfalls nicht. Und wenn sie soviel Text auf einmal lesen könnten, würden sie es nicht glauben."

„Komm schon, Cara, du denkst doch nicht etwa, dass das wahr ist?" Rica sieht sie an, als hätte Cara den Verstand verloren.

„Was, wenn doch, Rica, schau dich um …" Cara dreht sich zur gigantischen Glaskuppel, auf deren untersten Konstruktionen sie herumturnen, und deutet mit beiden Armen nach oben. „Leben wir nicht in einer Welt, die genauso entstanden sein könnte? Wir sind hier drin eingesperrt und dort draußen ist alles grün." Cara zeigt durch das Glas nach außen, als wäre es heller Tag. Aber draußen ist es dunkel und sie können nichts sehen. Die Lichter der riesigen Stadt hinter ihnen spiegeln sich tausendfach im Kuppeldach. „Und ihr habt doch auch die Tiere gesehen, die Vögel, dieselben wie in den alten Büchern."

„Ja, das haben wir." Eric beugt sich vor und lässt die Beine rechts und links des Trägers baumeln, auf dem er sitzt. „Und wir Menschen können die Luft dort draußen trotzdem nicht atmen. Die täglichen Messungen, die Werte, die im Internet abrufbar sind …"

Cara unterbricht ihn. „Na klar!" Sie klingt so etwas von überzeugt. „Das ist doch alles Teil des Plans! War jemand mal dort draußen? Ich meine, nicht diese Roboter, diese Maschinen, ich meine, ein Mensch?"

Rica ist jetzt auch aufgestanden und turnt auf einem Eisenträger herum. „Cara, jetzt komm mal wieder runter. Das ist eine Geschichte, aufgeschrieben vor wer weiß wie langer Zeit. Und es war auch nur als

Geschichte gedacht, so wie es geschrieben ist."

„Okay, ja, es ist nur eine Geschichte. Aber was, wenn sie wahr gemacht wurde?" Cara sagt das mit soviel Gefühl und Überzeugung, dass alle anderen für einen Moment so still sind wie Luke. Sie wünscht sich in diesem Augenblick nichts sehnlicher, als dass es wirklich so wäre.

Rica und Patric erklären dann erneut, dass es unmöglich sei, so ein Riesenprojekt auch nur ansatzweise durchzuführen.

Bis Eric sie unterbricht. „Okay. Stopp. Es ist höchst unwahrscheinlich. Aber ich möchte gern mal wissen, ob es so gewesen sein könnte." Rica will ihm widersprechen, aber Eric bedeutet ihr zu warten. „Rein theoretisch, okay? Wir beenden in ein, zwei Jahren unsere allgemeine Ausbildung, um dann irgendwo dort unten vier Stunden am Tag zu arbeiten, bevor wir uns hier oben treffen oder ..." Er beginnt zu lachen. „... zu einem von Caras Zombies werden, die nach der Arbeit ihre Wohnung programmieren, Internethobbys nachgehen, sich in Clubs und Restaurants treffen, um dann eine Familie zu gründen und ein oder zwei Kinder großzuziehen. Aber was wissen wir von unserer Vergangenheit? Wie sind wir so weit gekommen?"

„Die Erde war überbevölkert, die Bodenschätze aufgebraucht." Rica steht an Erics Pfeiler und schaut über ihn hinweg zu den anderen.

Patrics Blick schweift über die leuchtende Stadt. „Mobilität, also unterwegs zu sein, wurde unerschwinglich teuer. Also strömten die Menschen in die riesigen Ballungszentren. Trotz der schlechten Luft und der Industrienahrung, einfach nur, um zu überleben."

Cara schüttelt den Kopf. „Nein, überleben konnte man außerhalb der Zentren viel besser. Draußen gab es noch frische Nahrung und die Luft war längst nicht so belastet."

„Aber keiner wollte so leben." Eric lehnt sich wieder an den Pfeiler und sieht Cara herausfordernd an. „Denn es fehlte da draußen an vielem. Kein Internet, keine Unterhaltung, keine Möglichkeit der Abwechslung und kein Schutz."

Cara widerspricht ihm schnell. „Da waren viele Menschen, die so lebten."

„Viele?" Patric zeigt zur Stadt. „Aber nicht im Vergleich zu den Millionen in den Städten."

Eric setzt Patrics Gedanken fort. „Und das Leben war echt hart. Da gab es Überfälle und dann die ständigen Unwetter. Das ganze Weltklima war doch durcheinander. Orkane, Sandstürme, Überschwemmungen, Hitzewellen. Die Katastrophen wechselten einander ab, egal, wo man wohnte. Nichts war mehr vorhersagbar, es war pures Klimachaos. Ich glaube, deshalb bauten sie die gigantischen Kuppeldächer."

Nachdenklich redet Patric weiter. „Luftverkehr war zuerst vorbei. Jede Menge Abstürze wegen des Wetters. Bahnlinien, Autobahnen, alles Geschichte. Keiner kam nach mit den ständigen Reparaturen. Ozeanriesen, Fähren, selbst die größten Containerschiffe sind der Reihe nach gesunken."

Rica lacht. „Kommt schon, bei euch klingt das ja, als wäre in ein paar Jahren alles vorbei gewesen."

Patric lenkt ein. „Okay, gib dem Chaos siebzig oder hundert Jahre."

„Und dann kommt die wahre Ursache für die Isolierung." Eric steht auf, hebt beide Zeigefinger und deutet mit ausgestreckten Armen nach draußen. „Der ganze radioaktive Staub. Als Folge der nuklearen Katastrophen, als sie die Kontrolle über Kernkraftwerke und ihre atomaren Waffensysteme verloren. Und da sind wir heute."

Cara ist wie aufgedreht. „Nein! Da waren wir vor 150 Jahren. Vor 150 Jahren bauten sie die Kuppeln, dann versiegelten sie die Tore und …"

„Moment, nicht so schnell, Cara." Rica schaut auf ein kleines Hologramm, das über ihrem Armband tanzt. „Die Tore blieben zwölf Jahre lang offen. Als die letzten drei Jahre kein einziger Mensch mehr kam, wurden sie versiegelt."

„Aber wo sind die Tore heute?" Cara macht eine Geste über die ganze Stadt. „Es gibt keine Tore mehr. Nach und nach verschwanden sie alle. Nur noch Beton und oben die Panzerglaskuppel."

„Und vier Schleusen für die Messroboter."

Aber Cara will jetzt nichts von Patrics Schleusen hören. Sie redet sich in Fahrt. „Wir sind hier eingesperrt. Da draußen ist es grün, es gibt Leben und die Unwetter sehen von hier drin nicht so schlimm aus, oder?"

Eric antwortet zuerst. „Nein, so schlimm nicht. Der Punkt ist aber der radioaktive Staub, der mittlerweile gleichmäßig über die ganze Erde verteilt ist."

„Und woher willst du das wissen?" Cara sieht Eric streitsüchtig an.

„Die Messwerte. Hier." Auch Eric zaubert ein Hologramm aus seinem Armband.

„Das sind die Werte von heute morgen. Siehst du, wie weit die von ‚überlebensfähig‘ entfernt sind?“

„Genau das ist es. Messwerte.“ Cara ist nicht mehr zu halten. „Zahlen, die irgendwelche Computer ins Internet stellen. Die manipulieren diese Werte!“

Rica mischt sich ein. „Cara, komm schon!“

„Nein! Seht ihr es nicht? Verdammt nochmal. Diese Geschichte sollte uns nur die Augen öffnen. War jemals wieder ein Mensch da draußen? Nein. Nur diese Maschinen. Die Werte sind falsch. Die sind so programmiert …“

Luke beobachtet den Streit seiner vier Freunde. Dann hält er es nicht mehr aus. „Hey!“ Er stößt einen hellen, sehr lauten Pfiff aus. „Hört mal kurz auf zu streiten.“

Völlig überrascht verstummen die vier.

„Danke.“ Luke fährt fort. „Die Antwort auf all eure Fragen liegt in den Messwerten. Wir müssen die Luftverschmutzung und die radioaktive Strahlung selbst messen.“

Verwirrt blicken alle hinauf zu Luke. Er hat soeben mehr geredet, als sonst an einem ganzen Tag.

Eric fängt sich zuerst, sieht aber Luke an, als wäre dieser nicht ganz richtig im Kopf. „Selbst messen? Geht's noch? Wir kommen an die Proben nicht ran! Egal bei welcher der vier Schleusen, sie sind alle unzugänglich. Da gibt es nicht mal Türen. Kein Mensch arbeitet dort drin, wegen der Strahlung."

Luke rutscht an den Rand der kleinen Plattform, auf der er sitzt, lässt die Beine baumeln und schaut nach unten. „Nicht die Proben. Nicht hier drin. Da draußen!" Er zeigt durch das Kuppeldach.

Rica fasst sich an den Kopf. „Bist du übergeschnappt. Ich geh doch nicht da raus."

Ungläubig lachend schüttelt Patric den Kopf. „Luke, ich finde es echt Klasse, dass du so viel mit uns redest, aber hast du auch mal überlegt, was du da sagst?"

Auch Rica und Eric müssen lachen, doch

sie verstummen augenblicklich, als Cara sich meldet.

„Ich komme mit!" Cara sagt das so bestimmt, dass keiner an ihrer Absicht zweifelt.

Aber der spöttische Ton, den Patric Luke gegenüber anschlug, trifft nun auch sie.

„Viel Erfolg! Wir denken an euch!"

„Leute." Luke klettert die äußere Verstrebung herab, um nicht mehr von oben zu sprechen. „Wir alle haben keine Eltern mehr. Wir kommen hier oben zusammen, um weit weg zu sein von unserem Jugendheim, in dem wir uns nicht wohlfühlen. Wir wollen auch weit weg sein von dieser Riesenstadt …" Er lacht Cara an. „… mit ihren Zombies und dem Luxus und den Verlockungen, die uns nie befriedigen konnten. Und hier sind wir. Am Rand der Kuppel! Weiter weg geht nicht, es sei denn, wir gingen da raus. Und das sollten wir."

Eric sieht Luke ernst an. „Was erwartest du da draußen?"

Luke macht eine hilflose Geste mit den

Armen und zuckt die Schultern. „Keine Ahnung. Aber ich erwarte nichts hier drin. Und ihr auch nicht, sonst wärt ihr nicht jeden Nachmittag und Abend hier." Er stellt sich neben Cara, blickt sie freundlich an und flüstert. „Wir sind nicht allein."

„Oh doch!" Rica hält die Hände abwehrend vor den Körper. „Ich mache da nicht mit."

Eric wirkt nachdenklich. „Ich frage den alten Mann, Sebastian, nach dem Ursprung des Textes."

„Ich denke, wir sollten da alle hingehen." Patric sieht seine Freunde der Reihe nach an. „Einverstanden, Rica?"

*

Der alte Sebastian wohnt in einer relativ großen Wohneinheit im Stadtrandgebiet, wo die Häuser wegen der Kuppelkrümmung nicht so hoch sind wie im Zentrum. Eric und Luke waren schon oft hier. Aber Rica, Cara und Patric betrachten ungläubig die unzähligen Bücher, die in Regalen an den Wänden stehen. Es sind echte Bücher.

Keine Hologramme, die sich manche in ihre Wohnungen programmieren. Auch die Pflanzen sind echt. Rica zieht überrascht die Hand zurück, als sie ein Blatt berührt und es wirklich fühlt, ganz weich mit ungewohnter Struktur.

„Setzt euch, setzt euch." Der alte Mann macht eine einladende Geste in Richtung einer gemütlichen Sitzgruppe mit Couch und zwei Sesseln.

Alles ist echt. Keine Projektionen, die Tiefe vortäuschen. Seine Wohnung ist wirklich sehr groß für einen allein.

Er bringt jedem ein Glas und stellt einen großen Zylinder zur Bewirtung auf den Couchtisch. Vier Ausgießer liefern verschiedene, einzeln programmierbare Getränke. „Es geht euch also um die Geschichte auf diesen alten Zetteln."

Cara ist gleich ganz direkt. „Sind Sie einer von denen?"

Der Alte sieht sie verblüfft an. Dann schüttelt er den Kopf. „Na, so alt bin ich nun auch noch nicht, oder?"

Eric lacht auf. „Offensichtlich nicht."

Ungeduldig fährt Patric fort. „Woher kommen diese Zettel?"

Sebastian zeigt zu den Regalen. „Sie waren zwischen den Büchern. Wer weiß, was da noch alles verborgen ist."

„Also wissen Sie nichts über ihre Herkunft?"

„Uralt, das Papier, die Schrift, wie es gedruckt ist. Ist wirklich von ganz früher." Der Alte sieht sie mit einem Mal der Reihe nach an. „Wieso seid ihr hier? Denkt ihr, das ist echt?"

„Ja." Cara ist die schnellste. „Und wir wollen da raus und es beweisen."

„Wem beweisen?"

„Uns."

„Und was dann?"

Alle sind still. Selbst Cara denkt zum ersten Mal darüber nach.

„Und das ist das Problem der gesamten Menschheit gewesen." Seufzend beginnt Sebastian zu erzählen. „Die Menschen früher haben sich vor jeder Entdeckung gefragt, ob sie es schaffen werden. Sie fragten aber nie, ob sie es tun sollten. Sie fragten nie nach den Folgen, nach weitreichenden Folgen. Die ganze Technologie, die zu den großen Problemen auf unserem Planeten führte, wurde auf diese Weise entwickelt. Kohle, Erdöl, Atomtechnik, die ganze hochgiftige Chemie. Nichts davon wurde wirklich bis zu Ende gedacht. Alles wurde dem schnellen Profit, dem Luxus und der Bequemlichkeit untergeordnet. Und nach Luxus und Bequemlichkeit streben die Menschen bis heute, egal wie dick und krank sie dabei werden. Es gibt schon noch einige, die sich ihres Körpers bewusst sind, die in der Wirklichkeit trainieren, nicht im Internet. Doch ihr wisst selbst, wie wenige Aktivplätze es noch gibt, wo Ball gespielt und der eigene Körper bewegt wird. Aber alle diese Aktiven wollen am Ende ihres Trainings zurück in den Luxus. Sich duschen, sich modisch kleiden und dann gut essen und trinken. Außer ihr fünf vielleicht. Ihr wisst es noch nicht, aber eure Entscheidung, ob ihr da raus geht oder nicht, ist gleichzeitig eine Entscheidung zwischen zwei Welten. Der Welt hier drin und der Welt da draußen. Die Geschichte der Menschheit hat gezeigt, dass beide Welten nicht miteinander in Einklang zu bringen sind. Wenn ihr die Welt da draußen wählt, müsst ihr mit dieser hier abschließen, für immer. Es gibt kein Zurück! Ihr könnt da draußen sterben, wenn die Maschinen recht haben mit den Messwerten. Oder ihr findet die Natur. Beschrieben in unzähligen uralten Büchern, dort, im unteren Regal." Sebastian zeigt quer durch die Wohnung.

Die Bücher sind eine riesige Fundgrube. Alle sind uralt. Mit vergilbten Seiten, von denen sich manche beim Umblättern lösen. Aber was auf diesen Seiten steht, fesselt nicht nur Cara und Luke. Alle sind begeistert. Alle erfahren eine noch nie gespürte Motivation. Sie wollen dorthin. Zu den seltsamen Tieren, den riesigen Pflanzen und den endlosen Landschaften.

Die Bilder zeigen nicht die Vergangenheit. Für Cara und Luke, Rica, Eric und Patric zeigen sie die Welt jenseits der Glaskuppel. Die Wahrscheinlichkeit, dass da draußen wirklich alles verstrahlt ist und sie sterben werden, ist für sie gleich Null. Der Text ist wahr und sie sind hier eingesperrt. Und all die Wälder und Berge, Strände und Meere, Flüsse und Seen, die im Internet zu erleben sind, gibt es dort draußen wirklich. Und es ist ihre Bestimmung einen Weg zu finden, um dorthin zu gelangen.

Statt in den Stahlkonstruktionen der Glaskuppel treffen sie sich jeden Nachmittag bei Sebastian und studieren die Bücher. Sie lassen sich faszinieren und motivieren.

Dann kommt die Zeit der Vorbereitungen. Was sie da draußen an Ausrüstung brauchen, gibt es innerhalb der Kuppelstadt nicht. Im Internet schon, da kann man Berge besteigen, geheimnisvolle Wälder durchwandern, Tiere beobachten und abends an klaren Seen zelten oder unter dem Sternenzelt schlafen. Auch in den

Büchern wird viel beschrieben. Sie wissen also wohl, was sie brauchen, aber nicht, woher sie es bekommen sollen. Denn in der Wirklichkeit des Stadtlebens weiß niemand etwas anzufangen mit Begriffen wie Rucksack, Schlafsack, Zelt oder Isomatte. Keiner kennt Stirnlampen, Kompasse oder Geigerzähler zur Messung der radioaktiven Strahlung. Also fertigen sie alles selbst.

Moderne Maschinen sind in der Lage, jeden Modewunsch zu erfüllen, und die fünf lernen mit der Zeit, diese Maschinen nach ihren Wünschen zu programmieren. Das ist etwas mühsam, denn es gibt niemanden, den sie fragen oder um Hilfe bitten können. Sie fühlen sich noch ein-samer und noch mehr isoliert, als bisher. Wie Aliens auf einem fremden Planeten. Aber sie werden ihn verlassen!

Und genau das ist ihr größtes Problem. Der einzige Weg nach draußen, ohne Aufsehen zu erregen, führt durch eine der vier Schleusen. Acht Raupenfahrzeuge, die Proben sammeln, fahren täglich raus und wieder rein. Aber es gibt, wie Eric schon sagte, keine Türen oder Tore. Der gesamte Schleusenbereich mit den Laboren für die Auswertung der Proben liegt hinter den Fassaden der Stadt verborgen. Der Vorteil ist, dass dort auch keine Menschen arbeiten, die unangenehme Fragen stellen werden, wenn sie einmal drin sind.

Ein Schleusenportal liegt genau unter ihrem Platz im Kuppeldach. Deshalb kletterten sie so gern dort oben herum. Sie konnten täglich am späten Nachmittag die Raupenfahrzeuge beobachten. Aber sie haben noch nie darüber nachgedacht in den Schleusenbereich einzudringen. Stunden verbringen sie mit der Suche nach einem Wandelement, das sie ohne großen Aufwand entfernen können. Schwierig, in einer blitzsauberen Stadt ohne dunkle Ecken.

Aber wer Wege findet, um in die Verstrebungen des Kuppeldaches aufzusteigen, dem fallen auch die Energieleitungen auf, die Solarstrom aus dem Kuppeldach nach unten hinter die glänzenden Fassaden der Stadt leiten. Genau dort finden sie ihren Weg in die verborgene Zone.

*

Seltsam gekleidet und mit Packsäcken auf dem Rücken klettern fünf Gestalten in die Kuppelkonstruktion hinauf. Eine sechste Gestalt ohne Gepäck folgt etwas schwerfällig. Die Menschen, die das mitbekommen, wenden sich schnell anderen Beschäftigungen zu. Es gibt keine Kriminalität mehr. Nicht in der wirklichen Welt. Hier hat jeder alles, was er zum Leben braucht.

In den Internetwelten sieht das anders aus. Dort wird jede Menge kriminelle Energie und Aggressivität freigesetzt, um ein größeres Haus, schnelleres Auto oder gar ein Boot, Flugzeug oder Raumschiff zu bekommen. Die Machtspiele der Menschen finden ausschließlich im Internet statt. Dort hat die Polizei alle Händevoll zu tun. In der Kuppelstadt wurde sie fast abgeschafft.

Als der alte Mann die fünf einholt,

haben sie die Fassadenverkleidung an den Energiekabeln bereits gelöst. Ihre Blicke folgen den Kabeln hinab in die Dämmerung.

Sebastian sieht sie der Reihe nach an. Er muss schlucken und kämpft mit seinen Gefühlen. Die Gesellschaft seiner jungen Freunde in den letzten Wochen war für ihn wie ein neues Leben. Nun würde er zurückkehren in die Einsamkeit, ohne dass jemand kommen wird, um Bücher auszuborgen. „Wenn ihr da hinuntersteigt, gibt es kein Zurück. Ich befestige die Verkleidung und ihr seid eingesperrt und müsst einen Weg zu den Schleusen suchen. Vielleicht sterbt ihr schon da drin …" Seine Stimme versagt. Traurigkeit füllt ihn aus.

„Werden wir nicht." Rica sieht ihn zuversichtlich an. „Wir finden die Schleuse und studieren die Raupenfahrzeuge. Wir werden lernen, sie zu programmieren, verstecken uns jeder in einem Laderaum und fahren in die Freiheit. Dann treffen wir uns am Rand der Rampe, die von der versiegelten Fläche hinab in den Wald führt."

„Nur nicht zu früh aussteigen." Eric stößt Rica an. „Damit wir nicht zufällig gesehen werden. Wir lassen die Raupen bis zum Ende fahren, bis in den Wald, oder wo sie halt hin sollen. Okay?" Sein Blick schweift über seine Freunde, die ihm zunicken, und liegt dann auf Sebastian. „Danke. Danke für alles. Was auch geschieht, du bist unser bester Freund, für immer. Leb wohl."

Der Schmerz des Abschieds bricht über jeden von ihnen herein. Sie geben sich ihren Gefühlen hin, der Gewissheit, dass sie sich in dieser Runde nie wiedersehen werden.

Für die fünf ist es ein kurzer Schmerz, der schnell einer nie gekannten Spannung weicht, als sie in die Tiefe hinabsteigen. Sie haben ein leuchtendes Ziel, aber der Weg dorthin liegt in derselben vollkommenen Dunkelheit, die sie einhüllt, als Sebastian die Fassade verschließt. Wie jedoch ihre Stirnlampen die fremde Umgebung erhellen, werden sie gemeinsam Licht in das Dunkel ihres Weges streuen. Mehr und mehr und mehr. Bis der Weg so klar vor ihnen liegt wie ihr Ziel: Die grüne Welt jenseits aller Kuppelstädte.

*

Der alte Mann sitzt noch sehr lange am Rand der Glaskonstruktion über der Stadt. Er fürchtet die Leere seiner Wohnung. Als er dann spätabends nach Hause kommt, verspürt er zum ersten Mal wirkliche Einsamkeit.

Am ersten Tag wandern seine Gedanken ständig zu seinen Freunden. Er hofft, dass sie die Luft im Schleusenkomplex und draußen unbeschadet atmen können. Alles weitere zum Überleben haben sie dabei. Ein Zelt, Schlafsäcke, über fünfzig Liter konzentriertes Wasser, besondere Nahrung für einige Monate und einen Minicomputer, um die Steuerung der Raupenfahrzeuge zu studieren und zu überschreiben. Sebastian hat keine Ahnung, wie lange alles dauern wird. Er sortiert die Bücher, die noch überall herumliegen. Immer öfter schlägt er eines von ihnen auf und verliert sich in der Schönheit jener Welt, die sie beschreiben.

Gern hätte er die fünf begleitet, aber er ist zu alt für die Anstrengungen, die nicht auf den Bildern zu sehen sind. Obwohl er sie immer wieder gewarnt hat, werden sie erst da draußen die Wucht der Elemente spüren: Wasser in Form von reißenden Flüssen und Regen, das Sonnenfeuer, das gnadenlos auf sie herabbrennt, Gewitterblitze, die einen ganzen Wald entzünden können, die zerstörerische Kraft der Stürme und alles, was die Erde an Pflanzen und Tieren hervorbringt.

Am zweiten Tag ist Sebastian wie verabredet wieder an der Einstiegstelle. Vielleicht wird er sie hören, falls sie zurückkommen. Vielleicht wird er sie sehen, falls sie die Laderäume der Raupenfahrzeuge, in denen sie sich verstecken wollen, zu früh verlassen. Eine Fläche aus Kristallbeton, einen halben Kilometer breit, umgibt wie ein Ring die gesamte Kuppelstadt und ist sehr gut einsehbar. Aber vielleicht wird er auch nie von ihrem Schicksal erfahren, denn die Raupenfahrzeuge fahren über eine Rampe hinab in die grüne Wildnis. Sie sammeln ihre Proben jenseits der Kristallfläche.

Auch am dritten Tag fährt der alte Mann mit der Metro zum Schleusensektor. Niemanden stört seine ständige Kletterei ins Kuppeldach. Die Menschen haben das Interesse für die Dinge innerhalb der Kuppel verloren. Diese Welt ist unveränderlich. Sie ist eintönig. Die Abwechslung findet in den Internetwelten statt.

Sebastian starrt durch das Glasdach nach draußen. Er sieht einige Raupenfahrzeuge hinausfahren. Sie steuern die Rampe an und verschwinden dann im dichten Grün. Sebastian hätte wirklich gern gesehen, wie seine Freunde die Welt betreten, nach der sie sich sehnten.

Am vierten Tag versucht er sich damit abzufinden, dass er es nie erfahren wird. Er möchte glauben, dass es ihnen gelungen ist. Er wird nach Hause fahren, durch seine Bücherwelten bummeln und seine

Freunde in einigen der Bilder entdecken. Wie sie Wälder durchstreifen, weite Ebenen überqueren, klaren Flüssen folgen, Berge bezwingen, um dann in fruchtbare Täler hinabzusteigen. Irgendwo werden sie eine Heimat finden und dort bleiben. Und eine neue Menschheitsgeschichte nimmt ihren Ursprung.

Plötzlich gefriert sein Blick. Er presst eine Hand an den Stahlpfeiler, an dem er steht, und beobachtet ein Raupenfahrzeug.

Es fährt zum zweiten Mal einen weiten Kreis. Dann bleibt es am Rand der Kristallfläche stehen. Langsam öffnen sich die beiden Flügel der Ladeluke und eine Gestalt steigt aus dem Inneren.

Der alte Mann beginnt zu strahlen.

Die Gestalt schultert einen Rucksack und springt vom Fahrzeug. Der Art nach wie sie sich bewegt, ist die Gestalt eines der Mädchen. Obwohl Sebastian weiß, dass niemand in der Nähe sein kann, blickt er sich besorgt um. Die Figur ist fünfhundert Meter weit entfernt, aber wenn er sie sehen

kann, wäre sie auch aus einem der Hoch-
häuser zu erkennen.

„Komm schon, verlass den Beton! Schnell
zum Wald." Seine Stimme ist nur ein
Flüstern.

Endlich steuert die Gestalt den Rand der
Kristallfläche an. Dort ist keine Rampe,
aber Sebastian sieht, dass die Bäume neben
der Fläche weit in die Höhe ragen. Der
Kristallabbruch kann nicht sehr tief sein.
Aber die Gestalt läuft nicht zielstrebig
darauf zu. Sie taumelt.

Alle Freude weicht aus Sebastians Gesicht
und verwandelt sich in blankes Entsetzen.
Denn das Mädchen wankt. Die Hände am
Kopf sinkt es auf die Knie. Mühsam steht
es wieder auf, stolpert zum Rand des Betons
und stürzt erneut. Von Krämpfen geschüttelt
kommt das Mädchen auf die Knie. Es
bewegt sich auf Händen und Füßen weiter
und kämpft sich wieder hoch. Gebeugt
stützt es sich mit den Armen auf den Knien
ab, stolpert unbeholfen hin und her und
stürzt dann über die Kante hinab ins Grün.

Sebastian starrt durch das Panzerglas. „Nein, nein, nein." Er rutscht am Stahlträger herab, lehnt mit dem Rücken dagegen und begräbt das Gesicht in den Händen. „Das kann nicht sein! Was habe ich getan?"

Mit versteinertem Gesicht sieht er ein Servicefahrzeug an der Laderaupe halten. Nach einer Weile schließen sich die Klappen der Luke und beide Fahrzeuge bewegen sich auf die Schleuse zu. Die Kristallfläche glitzert im Sonnenlicht, als wäre nichts geschehen.

Sebastian kann den Ort des Unglücks kaum noch bestimmen. Um so deutlicher brennen sich die Bilder vom Tod des Mädchens in sein Gedächtnis ein. Seine Freunde sind alle verloren. Menschen können die Luft dort draußen nicht atmen. Die Maschinen haben recht. Es gibt keine Hoffnung.

Hoffnung

Mühsam klettert Cara den Baum hinab, in dessen Äste sie sich gestürzt hat. Sie hat jede Menge Schrammen im Gesicht und an den Händen. Die rechte Seite ihres Körpers schmerzt.

Aber sie musste es tun. Sie musste ihren Tod vortäuschen, um keine Spuren zu hinterlassen. Nicht, dass sie Sebastian nicht vertrauen würde. Er ist ihr bester Freund. Wirklich. Aber er ist alt und wird noch älter. Und Menschen verändern sich und machen Fehler.

Es könnte auch sein, dass doch jemand ihre Flucht beobachtet hat. In den Wochen bei Sebastian hatte Cara viele Bücher gelesen. Manche gaben nur Hinweise, andere machten ganz deutlich, wie die menschliche

Gesellschaft mit einer neuen Welt umging.
Wie sie sich stets nahm, was sie wollte und
alles vernichtete, was dem im Weg stand.
Und einzelne gute Menschen konnten
nichts an jener Gesellschaft ändern. Cara
wollte mit ihren Freunden eine neue Gesellschaft gründen. Diese Gesellschaft musste
anders sein, ganz anders.

Ihr Weg zur Rampe führt durch manns-
hohe Farne in lichtem Wald. Es brummt
und summt und raschelt überall. Der Wald
ist voller Leben und überschüttet Cara mit
unzähligen überwältigenden Eindrücken.
Sie kann sie nicht benennen und nicht
beschreiben. Sie fühlt nur ein einziges
riesiges Wunder: Unberührte Natur. Der
weiche Boden unter ihren Füßen, der
Geschmack der Luft, das grelle Licht der
Sonne, das durch die Kronen der Bäume
auf sie herabscheint. Alles ist ungewohnt,
aber Cara fasst sofort Vertrauen.

Dann sieht sie die Kuppel der Stadt
durch das Blätterdach des Waldes, und
ihr wird sofort unbehaglich zumute. Nur

weg hier. Die Rampe als Treffpunkt liegt zu nah an der Stadt. Als Cara sie entdeckt, folgt sie der Spur der Fahrzeuge in den Wald. An der Stelle, an der sich der Weg verzweigt, bleibt Cara stehen. Wenn ihre Freunde den Raupenspuren in Richtung der Rampe folgen, kommen sie mit Sicherheit hier entlang.

*

Endlich stoppt Patrics Fahrzeug. Die Luke öffnet sich und er kann hinaus. Als er von der Raupenkette herabspringt, entfaltet sich ein Greifarm und füllt den Laderaum mit Erde, Gestein, Ästen und Laub.

Patric steht nur da und strahlt. Sein Blick schweift über Farne und Bäume zu einer zerklüfteten Wand aus rotem Gestein. Ringsherum ragen Felsen aus dem dichten Grün in den Himmel. Patric entdeckt die Glaskuppel hunderte Meter über dem Wald. Glücklich atmet er die frische Luft. Er lebt. Seine Freunde und er haben recht! Die Computer der Stadt lügen. Die Menschen sind tatsächlich dort eingesperrt.

Auf einmal setzt sich die Raupe in Bewegung. Sie fährt zurück. Patric müsste rennen, um mit ihr Schritt zu halten. Aber im Moment bleibt er einfach stehen und schaut sich um, überwältigt von der wahren Welt. Er kann nicht sagen, wie lange er dort stand. Irgendwann geht er los und folgt den Spuren der Raupe. Ständig raschelt es unter den Farnen. Ab und zu hört er dumpfe Geräusche, als ob sich ein Tier springend von ihm wegbewegt. Schatten huschen über seinen Weg, auch ziemlich große.

Patric wird unbehaglich zumute. Das Alleinsein in dieser fremden Umgebung macht ihm zu schaffen. Er läuft schneller, holt oft den Kompass heraus, obwohl die Raupenspur offensichtlich ist. Er passiert mehrere Abzweige, aber die Richtung bleibt klar. Nach Osten, zum Kuppeldach. Endlich kann er seine Freunde sehen.

Cara erklärt auch Patric ihre Verletzungen. Sie wäre irgendeinen Abhang hinuntergerutscht. Dann starren alle

gespannt auf den Geigerzähler, den Rica
zur Messung der radioaktiven Strahlung
aus ihrem Rucksack holt.

Kein Ausschlag. Null. Sie schalten ihn
mehrmals ein und wieder aus, halten ihn
auf Felsen, Büsche, Bäume und zum Boden.
Es gibt keine Strahlung! Die Maschinen
manipulieren die Daten wirklich.

Und schon jubeln sie und umarmen sich
und schwärmen von ihren Begegnungen
mit der Natur. Auch Luke. Er ist nicht
mehr der stille Junge unter dem Einfluss
der Stadt.

„Kommt, lasst uns weg hier." Mit einem
besorgten Blick zum Kuppeldach drängt
Cara zum Aufbruch.

Patric sieht sich um. „Welchen Weg? Bei
mir waren nur Felsen am Ende."

Auch Rica schüttelt den Kopf. „Nicht gut.
Ziemlich viel Gestrüpp und jede Menge
seltsame Geräusche."

„Luke, hol mal das Buch mit den ganzen
Tieren heraus, falls wir eine Nahbegegnung
haben." Dann deutet Eric in die Richtung,

aus der er kam. „Bei mir sah es ganz gut aus. Steinig, ständig auf und ab, aber nicht zu steil." Er schultert seinen Rucksack und geht voraus.

Als die letzte Raupenspur endet, müssen sie sich selbst ihren Weg suchen. Die Felsen sind überall. Aber sie finden eine Abbruchstelle und können zwischen mächtigen Steinplatten und schroffen Felsblöcken aufsteigen und ein Plateau erreichen. Die Raupenspuren im lichten Wald unter ihnen bilden ein weites Netz. Patric glaubt seine Ausstiegsstelle zu sehen. Die Glaskuppel ist noch immer beängstigend nah. Schnell verschwinden sie zwischen den Bäumen. Nun ist es nicht mehr steil.

Insekten und Vögel begleiten sie. Mit Lukes Buch bestimmen sie die springenden Tiere als Kängurus. Die anderthalb Meter großen Echsen, die ihren Weg kreuzen, sind Buntwarane.

Cara folgt als letzte. Sie ist fasziniert von jedem der Tiere. Auch von den Schlangen, die hin und wieder gespannt wie Federn vom Boden aufschrecken. Den Kopf erhoben und aufmerksam hin und her bewegend, sind die Schlangen laut Lukes Buch die einzige wirkliche Gefahr. Viele von ihnen sind tödlich giftig. Wie ihre Freunde geht auch Cara in einem weiten Bogen um sie herum. Oft kann sie ein leises Zischen hören, bis die Schlangen sich nicht mehr bedroht fühlen.

Sie schaut oft zu Luke ins Buch und beide teilen ihre Faszination. Sie zeigen sich versteckte Tiere oder Vögel oben in den Bäumen und helfen sich gegenseitig Felsstufen hinauf.

Bis Eric ganz vorn plötzlich stehenbleibt. Sie sehen eine riesige Gitterkonstruktion, die schräg über den Weg ragt. Sie ist von Kletterpflanzen überwuchert. Trotzdem können sich alle vorstellen, dass sie einer der riesigen Masten ist, an denen Stromleitungen übers Land geführt wurden.

„Lasst uns mal da hoch!" Rica zeigt zu einer Stahlplanke an einem Hang hinter dem Mast.

Sie verläuft in einem weiten Bogen quer über den felsigen Hügel. Dort oben im trockenen Gestein gibt es kaum Grün. Der Wind nimmt zu, je weiter sie hinaufsteigen.

Was für ein Gefühl! Cara hält ihr Gesicht in die warme Brise. Die langen Haare wehen ihr um den Kopf. Ihre Kleidung flattert. Sie sieht, wie Eric Rica den Hang hinaufhilft und greift nach Lukes Hand. Gemeinsam steigen sie über die Stahlplanke und stehen auf rissigem dunklen Asphalt, der sich wie ein Band den Hang entlangwindet.

„Eine Straße! Patric, komm, hier ist eine Straße." Cara winkt dem Jungen, der sich schwer atmend den Hang heraufkämpft.

„Ich brauche eine Pause." Atemlos klettert Patric über die Planke.

„Komm schon, jetzt wird's leichter. Wir können die Straße entlang." Rica steckt ihren Kompass wieder ein. „Genau unsere Richtung."

Hier oben in Wind und trockenem Fels gibt es nur stachelige, knorrige Büsche. Sie wachsen auch in den Rissen und

Löchern der Straße, konnten sie aber nicht
vollständig überwuchern. Teilweise wurde
der Asphalt den Hang hinabgerissen. Dort
entdeckt Eric auch das erste Autowrack.

An einer Stelle säumen Autowracks ihren
Weg. Die meisten sind kaum als solche zu
erkennen. Vom Rost zerfressen zerfallen sie
unter neugierigen Berührungen. Dahinter
fehlt wieder ein ganzes Stück Straße.
Etliche Wracks liegen gemeinsam mit den
Trümmern in der Tiefe. Viele stehen auch
auf der anderen Seite. Gleichsam fasziniert
und erschüttert passieren die Freunde die
Unglücksstelle. Die Straße windet sich
weiter den Berg hinauf.

Die riesige Glaskuppel der Stadt begrenzt
noch immer die Sicht nach Osten. Aber
der Blick nach Süden und Westen geht nun
über benachbarte Hügel hinweg. Im Süden
bleibt es grün und hohe Berge zeichnen
sich in der Ferne ab. Nach Westen hin wird
die Landschaft flach und flimmert rötlich
in gleißender Sonne.

Cara ist gespannt auf den Blick nach

Norden und eilt voraus. Die Straße verläuft
bald über einen Sattel zwischen zwei
Bergen. Als Cara dort ankommt, sieht sie
die dunklen Wolken im Norden. Die Luft
unter den Wolken ist gefärbt von rotem
Sand, den der Wind vor sich hertreibt.
Blitze zeichnen leuchtende bizarre Linien in
die Sturmfront. Sand und Wolken bewegen sich genau auf sie zu!

„Was meinst du, wie schnell das hier ist?"
Luke steht mit einem Mal neben ihr.

„Sieht heftig aus. Fünfzehn Minuten?
Vielleicht schaffen wir es bis hinunter in
den Wald."

„Nein." Eric starrt mit Rica auch schon
gespannt auf das Unwetter. „Ich hab
vorhin Felsen gesehen, unter uns am Hang.
Das schaffen wir. Da gibt es womöglich
Nischen oder Überhänge. Schnell!"

Sie eilen zurück, Patric entgegen, der
keine Zeit bekommt, um Fragen zu stellen.
Dann hetzten sie den Hang hinab. Eric
und Rica voran. Cara und Luke begleiten
Patric. Die Steine, die sie lostreten, sausen

neben Eric und Rica ins Tal. Im Schutz der Felsen ist wieder jede Menge Gestrüpp.

„Eric, denkt an die Schlangen!"

Aber Caras Warnung geht unter in einem Donnerschlag. Das Gewitter ist nah. Die Luft nimmt eine rötliche Farbe an. Der Wind faucht über den Berg. Doch sie sind schon im Schatten der Felsen.

Cara sieht Eric und Rica unter einem Überhang an der Felswand kauern. „Komm schon, Patric, hier ist Schutz." Sie greift Patrics Hand und zieht ihn unter den Felsabbruch. Luke hockt sich neben sie. Sandkristalle strahlen auf Felsen und Pflanzen herab. Ihr Prasseln übertönt das Fauchen des Windes. Alles ist rot. Dann muss Cara die Augen schließen.

Mit einem Mal ändert sich der Klang des Prasselns. Cara blinzelt durch ihre Hände. Regen wäscht die Luft rein und spült den Sand von den Blättern der Büsche und Bäumchen. Kleine Bäche schmutzigroten Wassers rauschen über die Felsen hinweg oder zwischen ihnen zu Tale.

Cara kann nicht widerstehen und steht auf.

„Was machst du da?"

„Cara, nicht!"

Aber sie geht hinaus in den Regen. Sie muss das jetzt wissen. Mit ausgebreiteten Armen, das Gesicht zum Himmel gekehrt, dreht sich Cara unter dem Gewitterguss.

Bis ein Blitz die Umgebung erhellt und gleich darauf ein Donnerschlag die Felsen erschüttert.

Cara sitzt schnell wieder zwischen Patric und Luke. Wasser tropft aus ihren Haaren, ihre Kleidung ist nass, aber Cara strahlt. „Das ist magisch."

Als der Regen nachlässt, gehen alle hinaus, um die letzten Tropfen auf der Haut zu spüren.

„Okay, zurück zur Straße?" Patric deutet den Hang hinauf.

Cara schüttelt den Kopf. „Ich würde sagen, wir bleiben im Wald. Und vielleicht in Richtung der Berge im Südwesten, die wir gesehen haben."

„Auf der Straße kamen wir doch gut voran."

Rica stößt Patric an. „Aber es macht nicht so viel Spaß."

Als Patric etwas entgegnen will, schlägt ihm Eric freundschaftlich auf die Schulter. „Wir kommen schon wieder an eine Straße."

Erneut müssen sie einen der begrünten Masten überklettern. Der nächste, den sie erreichen, steht noch. Dicke Stahltrossen hängen auf beiden Seiten von ihm herab. Alles ist von Kletterpflanzen überwuchert. Wie es scheint, folgen sie der Stromtrasse, denn nach einer Weile liegt erneut ein Mast im Grün verborgen. Nachdem sie ihn umgangen haben, stehen sie am Rand einer hunderte Meter tiefen Schlucht. Sie wird im Westen schmaler, aber im Osten bildet sie ein weites Tal. Ein blauer Schimmer liegt wie Dunst über dem Wald in der Ferne.

Auf der anderen Seite der Schlucht ragt ein umgestürzter Mast über den Abgrund. Kabeltrossen verbinden ihn mit dem Mast auf dieser Seite. Dicke Stränge von

Kletterpflanzen winden sich die Kabel entlang und überwuchern auch den Mast gegenüber.

Caras Blick folgt dem Geflecht bis auf die andere Seite. Es ist ein regelrechtes Netzwerk aus dunklem Grün. Mit etwas Geschick könnte man hinüber gelangen. „Na, was meint ihr?" Cara deutet nach drüben.

Patric erschrickt. „Ist nicht dein Ernst, oder?"

Vorsichtig schaut Eric über die Felskante hinab. „Wenn die Höhe nicht wäre."

„Ohne mich!" Rica stellt sich neben Patric.

„Ist nicht so weit. Nur nicht runter schauen." Cara klettert zur Anschauung ein Stück hinaus über den Abgrund.

Luke blickt zur Kuppel, die immer noch den Osten überragt. „Muss nicht sein, Cara. Ein Stück weiter weg von der Glasstadt kann nicht schaden." Er nickt mit dem Kopf nach Westen. „Die Schlucht wird schmaler, irgendwann kommt das

Flachland. Ich denke wir können sie umgehen." Er lächelt Cara an, als wolle er sich für seinen Vorschlag entschuldigen.

„Schade." Cara zuckt mit den Schultern und sieht Luke fröhlich an. Sie klettert zurück und springt auf die Felsen. Die grüne Brücke schwingt ein wenig hin und her.

Rica stellt sich vor, wie es in der Mitte sein muss. Auch wenn man an den Pflanzen gut Halt fände, allein die Höhe … Ihr beginnt zu schaudern. Sie tritt noch etwas zurück. „Kommt, gehen wir weiter!"

Als die Schlucht ausläuft, erreichen sie eine Straße. Sie ist fast vollkommen unter dem Grün verborgen, aber sie gibt eine klare Richtung an.

Gegen Abend entdecken sie das Leitwerk eines Flugzeugs, das über den Bäumen aus dem Wald ragt. Es scheint, als würde der Rest des Flugzeugs in der Erde stecken und nur das Heck herausschauen. Kletterpflanzen haben die Aluminiumkonstruktion erklommen und ihre Zweige und Luftwurzeln hängen wie ein Vorhang herab. Ehrfurchtsvoll mustern die Freunde das riesige Wrack.

„Ich hatte sie mir nicht so groß vorgestellt." Eric denkt an Bilder von Flugzeugen in Sebastians Büchern.

„Es gab natürlich auch kleinere …" Dann verschlägt es Patric den Atem, denn in einer Kurve zeigt Rica die Straße entlang.

„Seht mal, da vorn!"

Die Tragflächen des Flugzeuges und Teile des mächtigen Rumpfes liegen auf der Straße und im angrenzenden Wald. Die Aluminiumhülle ist erstaunlich gut erhalten. Allerdings ist sie vollkommen von Moosen und den verschiedensten Pflanzen bedeckt. Ein langer Teil des Rumpfes liegt wie ein Tunnel längs der Straße.

In seinem Inneren ist kaum Licht für üppiges Wachstum. Rica ist zuerst dort und erblickt herabhängende Kabel und verbogene Profilstreben im Innenraum. Alles steht Kopf. Auf dem Boden wölben sich bemooste Gepäckfächer, an der Decke hängen Reste der Sitzreihen. Rica späht hindurch. „Wir können hier entlang."

Patric mustert misstrauisch den unheimlichen Gang. „Ich weiß nicht …"

Luke steht mit seinem Tierbuch neben ihm. „Das ist allemal besser, als über die Trümmer und durch das Gestrüpp drumherum."

Rica und Cara sind schon auf dem Weg. Vorsichtig lenken sie ihre Schritte um offene Gepäckklappen herum und über die Reste von Koffern und Taschen. Eine grüne Baumschlange windet sich um die Armlehne eines der Sitze über ihnen. Die Mädchen bemerken die Schlange nicht.

„Keine Angst, die ist nicht giftig." Luke winkt Patric und Eric, die beunruhigt die kleine Schlange anstarren.

Ein Aufschrei der Mädchen an der Spitze lässt die Jungs plötzlich verharren.

Cara wendet sich grinsend um. „War nur eine riesige Spinne." Während sie weitergeht, versucht sie das klebrige Spinnennetz aus Haaren und Kleidung zu entfernen.

In der Mitte des Rumpfes wird es dunkel. Dort bleibt Cara wie angewurzelt stehen. Zwischen den Stuhlreihen an der Decke hängen kopfüber seltsame Tiere mit lederartigen gefalteten Flügeln. Rica geht vorsichtshalber in die Hocke und verdreht Kopf und Körper, um nach oben zu schauen.

Auch die Jungs erstarren. Alle halten den Atem an, während Luke aufgeregt in seinem Buch blättert. Dann bedeutet er seinen Freunden leise weiterzugehen. Die unheimlichen Tiere bleiben hinter ihnen im Tunnel zurück.

„Flughunde. Eigentlich ganz niedlich. Habt ihr ihre Gesichter gesehen?" Luke flüstert, während er aus dem Wrack klettert.

Aber niemand außer Cara kann ihn hören. Sie steht fasziniert vor ihm und lächelt, als er sie ansieht. Gemeinsam gehen sie weiter.

Später erkennen sie senkrechte und waagerechte Strukturen im Wald, die aber stets von dichtem Grün überwuchert sind.

„Eine Stadt!" Patric ist begeistert. Er stellt sich die Häuser vor, die Straßen, manche gerade, andere in weiten Bögen und wie sie sich verzweigen. Das Bild wird gestört von dem ganzen Grün und den vielen Bäumen, die mittlerweile auch auf den Straßen wachsen. Vor zweihundert Jahren wurde diese Stadt verlassen. Irgendwann wird ihre gesamte Struktur verschwunden sein.

Das macht Patric irgendwie traurig. Die ganze Natur ist nicht seine Sache. Zuerst ja, da war er glücklich, dass sie alle noch lebten und hier alles so lebendig ist. Aber dann der Wind und der Regen. Selbst die Sonne ist ihm zuviel. Und diese ganzen Insekten und die Netze der Spinnen, in die sie ständig hineinlaufen. Alles hier draußen ist mühsam. Das Zelt aufbauen, Wasser mit dem Hydrator herstellen, für das Essen die Pulversorten mischen und quellen lassen. Er kann sich nicht vorstellen, dass das jeden Tag so sein soll.

„Jetzt wird's gemütlich." Rica und Luke bringen Arme voller Brennholz zu einem freien Platz abseits ihres Zeltes. Sie stapeln einige Äste und Zweige zu einem Lagerfeuer.

„Und es wird lustig!" Eric kommt einen Hang herauf und hält einen roten Plastikbehälter über seinen Kopf.

„Was ist das?" Cara sieht ihn ängstlich an.

„Das ist der Grund für den Untergang der Menschheit. Glaube ich zumindest. Habe ich in einem der Autowracks gefunden. Ist vermutlich Benzin. Ein Treibstoff für Autos, Schiffe, Flugzeuge, es gab wohl verschiedene Sorten. Aber dieses Zeug Jahrzehntelang zu verbrennen hat das Klimachaos verursacht und …"

Cara hat ein ungutes Gefühl. „Eric! Wir sollten ihre Welt nicht wieder zum Leben erwecken."

„Komm schon, Cara, eine effektvolle Demonstration der zerstörerischen Kraft, die sie beherrschten."

„Oder eben nicht beherrschten …" Luke schaut misstrauisch zu, wie Eric etwas Benzin über das Lagerfeuerholz gießt.

Ein abscheulicher Geruch breitet sich aus. Eric stellt den Kanister ab. Dann drückt er mit etwas Kraft zwei der kleinen Gummistreifen zusammen, die sie bei Sebastian entwickelt haben, einen roten und einen weißen. Sie verkleben miteinander und er wirft sie schnell auf den Holzstapel. Gleich darauf entflammen sie und das Benzin zündet.

Cara hört einen dumpfen Knall. Ein Feuerball steht über dem Holz. Kleine Stöcke fliegen in alle Richtungen davon. Sie dreht sich weg und hebt schützend die Arme über den Kopf.

„Wow!"

„Das gibt's doch nicht."

„Stell das Zeug bloß weg vom Feuer!"

„Nicht gut, Eric!" Cara geht zu ihm. „Bitte. Wo war das Benzin?"

Eric gibt ihr den Kanister und zeigt den Hügel hinab. „In irgendeinem der Wracks, die zerfallen sowieso alle." Dann muss er lachen. „Kommt schon, das war doch was, oder nicht?"

Als Cara zurückkommt, halten bereits alle ihre Hände über das Feuer. „Das ist doch was, Eric, oder nicht?" Auch Cara streckt die Arme aus. „Spürt ihr die Wärme? Das ist wie …" Cara schüttelt den Kopf und lacht vor Glück. „… Magie!"

„Und wo ist da der Spaß?" Eric grinst sie an.

„Na, hier!" Cara tritt zurück und springt dann über die Flammen zu Luke, der sie überrascht auffängt.

Dann springen auch Rica und Eric, Patrik und Luke. Sie legen Holz nach und schlagen mit Stöcken in die Glut, sodass Funken bis in den Himmel aufsteigen.

„Seht ihr, da kommen die ganzen Sterne her. Obengebliebene Lagerfeuerfunken!" Rica legt sich neben Eric auf den Rücken und schaut wie alle anderen in den Nachthimmel hinauf.

In der Stille hören sie die ersten Tiergeräusche. Mit Einbruch der Nacht erwacht der Wald zu neuem Leben. Große dunkle Schatten erkunden gemächlich den Boden.

Luke hat schnell sein Buch zur Hand. Es sind Wombats. Ungefährlich, eigentlich ganz niedlich. Possums kommen von den Bäumen herab, Flughunde segeln durch die Nacht. Vielleicht die aus dem Flugzeugwrack.

Erst als ein ellenlanger Hundertfüßer über Ricas Hosenbein krabbelt, verschwinden alle im Zelt.

In den ersten Stunden wacht immer wieder jemand auf. Aber das Zelt hat einen Boden und Moskitonetze am Eingang. Keines der Tiere kommt herein. Nach Mitternacht vertrauen sie ihrer kleinen Oase und schlafen durch bis zum Morgen.

Die Morgensonne hat die Tiere der Nacht vertrieben. Rica beobachtet in einiger Entfernung Kängurus beim Fressen. Während Cara die Frühstückspulver mischt, folgt ihr Blick einem Buntwaran, der aufmerksam ihren Platz erkundet. Eric füllt aus dem Hydrator Wasser in ihre Becher.

„Und wie geht es jetzt weiter?" Patric klingt etwas niedergeschlagen.

„Na, da lang." Fröhlich zeigt Cara nach
Südwesten.

„Ich meine, überhaupt. Wollen wir den
Rest unseres Lebens durch die Wildnis
ziehen?"

„Es wird sich schon was ergeben." Cara
verteilt das Frühstück in ihre Schüsseln.

„Was soll sich denn ergeben?"

„Du wirst schon sehen." Cara lächelt
Patric an, dann auch Eric.

Patric ist misstrauisch. „Weißt du etwas,
was wir nicht wissen?"

„Nein, aber ich habe Vertrauen." Cara
erhebt sich und deutet über Patric hinweg.
„Siehst du?"

Luke kommt mit einem Rucksack voller
Früchte auf sie zu. Der große Buntwaran
flieht auf den nächsten Baum, mit einer
Behändigkeit, die Luke ihm nicht zugetraut
hätte. Fasziniert schaut er der Echse nach.
Dann breitet Luke die Früchte aus und legt
ein Buch über Pflanzen daneben.

„Wie viele Bücher hast du denn noch
mitgehen lassen?" Eric lacht und greift

nach einer Rebe Weintrauben. „Und die kann man essen?"

„Los, probier mal." Luke beginnt derweilen eine der gelben Früchte zu schälen.

Als Eric zögert, nimmt ihm Cara einige Trauben ab und steckt sie in den Mund. Sie beginnt zu strahlen. „Mmh, oh, lecker. Die müsst ihr probieren." Dann stutzt sie, kaut ein wenig hin und her und spuckt einige Kerne aus.

Alle lachen.

„Rica, komm, das darfst du nicht verpassen."

Sie probieren verschiedene Früchte. Auch Patric. Aber während die anderen immer fröhlicher werden, bleibt Patric still. Dann hält er es nicht mehr aus.

„Ich denke, wir sollten zurückgehen."

„Was?"

„Nein!"

„Patric!"

„Wieso zurück?" Cara sieht ihn panisch an.

„Wir sollten es den Menschen in der Stadt sagen. Das alles hier."

„Patric, nein!" Cara bekommt Angst.

„Aber es ist unfair. Sie wissen es nicht. Sie sind dort eingesperrt."

„Sie sind nicht eingesperrt. Sie sind gern dort." Eric lacht, dann wird er ernst. „Wir waren die einzigen, die sich abwendeten, die nach draußen schauten."

„Ja, weil sie es nicht wissen."

„Und das ist gut so." Caras Stimme zittert. „Sie haben ihr Leben dort."

„Ja, in einem Gefängnis. Sind dir die Menschen egal?"

„Ja!" Cara ist verwirrt. „Nein. Ich weiß nicht. Jedenfalls ist mir das hier nicht egal." Sie sieht sich um, sieht die Kängurus, den Buntwaran am Baum, die anderen Bäume. Sie macht eine Geste zu dem ganzen Grün, wo einst eine Stadt war. „Das würde nie so bleiben. Diese ganze lebendige Wildnis. Denkst du, sie würden sich so zurückhaltend bewegen wie wir. Patric, bitte, das gab es alles schon einmal. Naturparks, die immer kleiner wurden, weil die Menschen immer zahlreicher wurden. In diesen

Städten haben sie ihre Grenzen und ich denke, so sollte es bleiben. Sie ändern sich nicht. Es gibt nur uns, die anders sind. Bitte glaub mir." Cara sieht ihn flehend an.

„Aber …" Patric ist verzweifelt. „Ich weiß ja, aber ich kann das nicht. Dieses Leben hier draußen …"

„Du gewöhnst dich schon daran." Rica reicht ihm ein Stück Orange. „Probier das mal. Du möchtest nie wieder etwas anderes essen."

„Komm schon, Patric, wir sind erst einen Tag hier. Gib dir eine Chance." Luke schaut ihn freundlich an.

„Okay."

Aber Cara sieht ihm an, dass gar nichts okay ist.

Nach dem Zusammenpacken folgen sie der Straße hinab in ein Tal. Auf einmal endet die Straße. Sie stehen an der Abbruchkante des Asphaltbetons, sehen aber keine Trümmer einer Brücke oder Autowracks unten im Tal. Verwundert schauen sie sich um.

Während sie hinabsteigen, hören sie das Plätschern von Wasser. Das Geräusch wird lauter und Cara kann zwischen den Bäumen einen kleinen Fluss sehen. Auf diesen Moment hat sie schon lange gewartet. Sie ist die erste am Ufer und scheint Lukes Worte nicht zu hören.

„Cara, wir wissen nicht, ob wir das so einfach …"

Aber Cara balanciert schon auf zwei Steinen über der Strömung und taucht die Hände ins Wasser. Es ist kühl und weich und sie trinkt an Ort und Stelle aus aneinandergelegten Händen und fühlt sich so lebendig wie nie zuvor.

Sie füllen das Wasser auch in ihre Trinkflaschen und folgen, ohne lange zu überlegen, dem Bach stromaufwärts nach Westen. Ab und an geben große Felsen dem Bach eine neue Richtung.

Dann bleibt Eric plötzlich stehen. Ein riesiger Steinblock ragt vor ihnen ins Wasser, der aber kein Fels sein kann. Eine Fläche ist ganz eben und das Material ist ein Gemisch grober Steine. Der ganze Block hat irgendwie eine gleichmäßige Struktur.

Aufmerksam setzen sie ihren Weg fort. Weitere Blöcke tauchen auf. Noch größer als der erste. Stets sind zwei gegenüberliegende Seiten ganz glatt.

Patric sieht sich das Gestein genau an. „Das ist Beton."

Mit gemischten Gefühlen gehen sie weiter. Die Trümmer häufen sich. Sie sind riesengroß, mit baumlangen Abmessungen.

Dann zeigt Rica in die Ferne. Am Rand der Schlucht, links oben an den Felsen, sehen sie die Reste einer riesigen Mauer. Ein Geländer, umhüllt von Kletterpflanzen, führt zu überwachsenen Treppen und Gebäudeteilen oberhalb der Betonmauer. Die Bruchkante der mächtigen Mauer zieht sich herab bis ins Flussbett. Dort ragt ein meterdickes Rohr mit halb geöffneter, mittig gelagerter Verschlussklappe aus dem Beton heraus. Der Fluss fließt durch das Rohr. Ein kleiner Wasserfall ergießt sich in ein weites Becken. Auf der rechten Seite sind nur noch weit oben Gebäudereste unter dem Grün zu erahnen.

„Das war ein Staudamm." Patric ist fasziniert. Er erinnert sich an Bilder aus den Büchern. „Sie stauten die Flüsse für Trinkwasser und zur Energiegewinnung mit Turbinen, wenn das Wasser unten durch das Rohr rauscht."

Sie klettern auf den Rest der Mauer rechts neben dem Rohr und brauchen mehrere Schritte, um den sieben Meter breiten Betonwall zu überqueren.

Ehrfurchtsvoll schaut Cara nach oben. Sechzig, siebzig Meter bis zur Mauerkrone. So hoch staute sich das Wasser. Ihr Blick schweift das Tal hinauf. Ein riesiger Stausee füllte es einst aus. Als der Damm brach, musste eine unbeschreibliche Flutwelle alles Leben stromabwärts ausgelöscht haben.

Was für Katastrophen hat die alte Welt gesehen? Cara wird unbehaglich zumute. Ihr Blick schweift über die Berghänge. „Kommt, lasst uns weitergehen."

Der Damm liegt längst hinter ihnen, aber das seltsame Gefühl hat Cara nicht verlassen. Sie sieht immer wieder dunkle Wolken im Westen vorüberziehen. Wird sie erneut ein Unwetter überraschen? Oder bedeutet ihr Gefühl noch etwas anderes? Ahnungsvoll späht sie zwischen die Bäume.

Das Flussbett verläuft in Felsgestein, das hin und wieder natürliche Becken bildet. Bevor die Sonne am späten Nachmittag nicht mehr genügend Wärme spendet, ist Rica die erste, die nicht widerstehen kann ein Bad zu nehmen.

Keiner von ihnen kann schwimmen. Sie ziehen sich aus bis auf die Unterwäsche und steigen von den Felsen in brusttiefes Wasser. Das Bad ist erfrischend. Die Strömung ist nicht stark, und sie gewinnen schnell Vertrauen. Sie planschen und bespritzen sich und halten ihre Köpfe unter Wasser. Cara versucht solange wie möglich die Luft anzuhalten und ihre Augen zu öffnen. Rica gelingt es mit Erics Hilfe einige Momente über Wasser zu bleiben.

Patric und Luke sind zuerst wieder an Land. Cara verschluckt sich, hustet und klettert auch ans Ufer.

Sie sieht, dass Patric und Luke wie gebannt nach Westen schauen. Der gesamte Himmel über dem Horizont ist düster. Und plötzlich entdeckt auch sie die beiden Männer in der Ferne, auf der anderen Seite des Flusses. Sie haben ganz dunkle Haut und tragen ebensowenig Kleidung wie Eric, der mit Rica noch im Wasser ist. Einer der Männer ist älter, der andere fast so jung wie sie selbst.

Cara ist nicht überrascht. Sie blickt kurz zu Patric und Luke. Patric ist wie versteinert. Er scheint nicht zu glauben, was er sieht. Luke ist einigermaßen entspannt. Er hat so eine Begegnung wohl auch vermutet. Cara hat es gewusst. Sie strahlt.

Die Männer bewegen sich schnell am Ufer des Flusses entlang. Sie rufen etwas in einer Sprache, die fremdartiger nicht sein kann und deuten mit ihren Speeren stromaufwärts, dann wieder auf Rica und Eric.

Mit einem Mal kann Cara das Rauschen hören. Sie sieht, dass das Wasser im Fluss nicht mehr klar ist. Es steigt und wird ockerfarben. Sie winkt Rica und Eric. „Raus da! Schnell!"

Aber die beiden starren wie gebannt auf die zwei Männer mit ihren Speeren.

„Rica, Eric!" Cara schreit jetzt und Eric sieht zu ihr her.

Plötzlich erreicht das Regenwasser des Unwetters ihren Felspool. Eine meterhohe Flutwelle spült Rica quer durch das Becken zu den Felsen auf der anderen Seite. Eric starrt ihr voller Entsetzen hinterher. Er könnte Caras Hand erreichen, dreht sich aber um und versucht Rica durchs Wasser zu folgen. Rica gelingt es den Kopf oben zu halten. Sie findet Halt am glatten Fels, kann ihn aber nicht erklettern. Die Strömung ist zu stark. Luke rennt die Felsen hinab, ist jedoch auf der falschen Seite. Er kann Rica und Eric nicht helfen. Aber die beiden Männer! Der ältere zieht Rica an Land, der jüngere hält Eric seinen Speer entgegen.

Patric und Cara sammeln hastig all
ihre Sachen ein, um sie vor dem Wasser
in Sicherheit zu bringen. Sie stürmen ein
Stück den Hang hinauf, dann zurück zum
Fluss, der jetzt doppelt so breit ist wie zuvor.
Dort stehen sie neben Luke und starren auf
die andere Seite.

Rica und Eric schütteln voller Dank
und Freude die Hände der beiden Männer.
Dann umarmen sie sich lange. Eric schaut
über das Wasser zu Cara, Patric und Luke
und hebt einen Arm, um anzuzeigen, dass
alles in Ordnung ist.

Cara sieht sich um. Die Sonne ist verschwunden, der Wind hat aufgefrischt. Die
ersten dunklen Wolken kommen auf sie
zu. Der Fluss ist nun breit und reißerisch.
Zweige und Äste treiben in der Strömung.
Es ist unmöglich auf die andere Seite zu
gelangen.

„Hey, Eric!" Sie winkt ihm zu.

Eric kommt zum Ufer, während Rica mit
Hilfe von Gesten versucht den Männern
etwas zu sagen.

Cara zeigt auf die Fremden. „Geht mit den beiden Männern! Sie haben bestimmt einen Platz für die Nacht. Ich denke, dort seid ihr sicher. Wir treffen uns morgen hier. Vielleicht können wir den Fluss dann überqueren."

„Ja, wir wollen schnell weiter, uns ist höllisch kalt. Passt auf unsere Sachen auf."

Cara lacht. „Die werdet ihr nicht mehr brauchen." Sehnsüchtig sieht sie zu, wie sich Rica und Eric mit den Männer verständigen. Nach einer Weile blicken sie alle kurz herüber und heben zum Abschied jeder eine Hand. Dann sind sie hintereinander im Wald verschwunden.

Cara steht gedankenverloren da. Alles ging so schnell.

Patric sieht Cara von der Seite an. „Was sind das für Menschen?"

„Aborigines. Die Ureinwohner dieses Kontinents."

„Du hast es gewusst, oder?"

„Nein, aber es musste so sein." Cara strahlt Patric an. „Das Land gehört wieder ihnen."

Unweit des Flusses befindet sich über einer Felsbank ein kleines Plateau. Schnell steht ihr Zelt auf der ebenen Fläche. Sie sitzen bereits darin, als Regen auf die Zeltplane trommelt.

Luke breitet die Früchte zwischen ihnen aus. Er grinst. „Die haben wir jetzt alle für uns. Da brauchen wir gar kein Pulver anzurühren."

Patric runzelt die Stirn. „So richtig satt wird man davon aber nicht."

„Eric und Rica geht es bestimmt besser." Cara ist mit den Gedanken die ganze Zeit auf der anderen Seite des Flusses.

„Und du denkst, so können wir leben?" Patric macht eine Kopfbewegung Richtung Fluss. „Wie diese Ureinwohner?"

„Hmhm!" Cara hat den Mund voll Obst.

„Du hättest es uns sagen sollen."

Cara kaut erst zu Ende. „Was?"

„Dass du es gewusst hast."

„Ich sagte doch schon, dass …"

„Und? Wärst du dann nicht mitgekommen?" Luke sieht Patric herausfordernd an.

„Ich wäre natürlich mitgekommen, aber ich finde es nicht gut, dass Cara das alles schon geplant hat. Ich meine, ohne uns."

„Nichts ist geplant. Es gibt viele Wege hier draußen. Aber da sind Menschen, gute Menschen, die tausende und abertausende Jahre hier lebten, im Einklang mit der Natur, in völligem Gleichgewicht mit ihrer Umwelt, ohne Überbevölkerung. Als ich bei Sebastian davon las, hoffte ich, dass sie noch da wären. Ich wünschte es mir so sehr, dass es meine Wirklichkeit wurde. Weißt du, was wir alles von ihnen lernen können?"

„Willst du wirklich so leben? Ohne Zuhause, ohne ein Dach über dem Kopf? Umherziehen, dem Wasser und der Nahrung hinterher, dein ganzes Leben lang? Cara, wir sind anders als sie. Wir können das nicht. Wir brauchen eine gewisse Geborgenheit, einen festen Ort."

Aber Cara lebt ihren Traum. „Genau das war das Problem der Menschheit. Siehst du es nicht? Wir hatten diese Geborgenheit, Häuser, Autos, Arbeit und waren trotzdem nicht glücklich. So suchten wir Abwechslung in unseren Beziehungen und Freundschaften, in diesem ganzen Unterhaltungswahnsinn, den das Internet bietet."

Luke hört einfach nur zu, wie früher. Er beobachtet Patric. Und auch Cara. Er sieht, dass ihre Worte zu Patric durchdringen.

„Die Aborigines finden die Geborgenheit in ihrem Stamm. Gemeinsam ziehen sie durchs Land und die Abwechslung ist da draußen. Landschaften ziehen vorbei, Wasser finden, Nahrung. Es gibt keine Gewalt, weil sie immer die Gemeinschaft, das Miteinander suchen. Verstehst Du? Es ist eine völlig andere Art der Gesellschaft, in der sie leben. Genau das, was wir brauchen."

Patric ist eine Weile still und schaut zu Boden. Dann sieht er Cara wieder an. „Hast du keine Angst, dass es langweilig wird. Was ist mit Büchern, Musik, Theater, unserer ganzen Kreativität."

„Bücher haben sie nicht. Es ist alles in ihrem Gedächtnis. Wege zu Wasserstellen werden in Geschichten verpackt, die die Alten den Kindern erzählen, ebenso Verhaltensregeln, Vergangenheit und Herkunft. Ich glaube, sie haben auch Zugang zu höheren Bewusstseinsebenen, so dass sie in Gedanken und Träumen andere Welten erreichen können."

Luke stößt Patric an. „Allein die Sprache zu lernen wird uns eine Weile beschäftigen. Und wir haben Gesellschaft, sind nicht mehr allein hier draußen. Ab morgen wird es dir leichter fallen, glaub mir. Ich bin gespannt, was Rica und Eric erzählen."

Patric liegt noch lange wach, sehr lange. Cara und Luke haben recht. Und doch könnte er nicht so leben. Je deutlicher er es sich vorstellt, desto größer wird seine innere Unruhe. Wenn sie sich noch einen weiteren Tag von der Kuppelstadt entfernen, wird er sie nie allein erreichen können. Hier und jetzt ist seine letzte Möglichkeit der Rückkehr. Die Gedanken bauen einen ungeheuren Druck in seinem Inneren auf, dem er schließlich nachgibt.

Er braucht seinen Rucksack, genügend Wasser und den Minicomputer. Die Anzeige seines Armbandes ist erloschen. Aber er kann es mit dem Computer aufladen. Denselben Weg zurück und morgen mit den Nachmittagsraupen durch die Schleuse. Einen Weg vom geschlossenen Bereich hinein in die Stadt wird der Computer schon finden.

Leise verlässt Patric das Zelt. Es regnet nicht mehr und ein mehr als halbvoller Mond spendet genügend Licht.

*

„Patric!" Luke steht neben dem Zelt und sucht mit den Augen das Flussufer ab.

Cara durchwühlt das Zelt. Sie ist den Tränen nahe, ihre Stimme zittert. „Luke! Sein Rucksack fehlt. Und der Computer auch."

Luke erscheint im Zelteingang.

Cara sieht ihn voller Angst an. „Er will zurück."

„Das schafft er nicht. Er …" Lukes Gesichtsausdruck verändert sich.

Allmählich wird ihm klar, dass Patric es schaffen kann.

Und das sieht Cara ihm an. Sie bekommt Angst, riesige Angst. Falls Patric es bis zur Stadt schafft, ist ihre neue Heimat dem Untergang geweiht.

Mit fahrigen Bewegungen leert Cara ihren Rucksack, stopft dann ihre Trink-flasche hinein, und auch die von Eric und Rica. Dann stürzt sie an Luke vorbei aus dem Zelt. „Komm schon! Wir müssen ihn einholen."

„Das schaffen wir nicht."

„Genau wie er!"

Luke schaut ihr nach, wie sie mit hastigen Schritten den Hang hinunter-stolpert und dem Fluss folgt. Cara rennt zwischen großen Steinen, pflügt dann ein Stück durch die Büsche, weicht einigen Bäumen aus und springt flache Felsbänke hinab. Immer am Ufer entlang. Sie sieht keine Tiere und achtet nicht auf Schlangen. Gedanken rasen durch ihren Kopf. Selbst wenn Patric nichts sagen würde, allein

seine Rückkehr verriete zuviel. Er darf die
Stadt nicht erreichen. Sie muss ihn einholen. Unbedingt!

Luke greift seinen Rucksack, um Cara zu
folgen. Das Wasser im Fluss ist wieder klar.
An einer geeigneten Stelle füllt er seine
Flasche auf und schon hat er Cara aus dem
Blick verloren.

Am Staudamm holt er sie ein. Er sieht,
wie sie die geborstene Mauer erklimmt, mit
wenigen Schritten überquert und hastig auf
der anderen Seite hinabspringt. Luke hat
Mühe ihr zu folgen. Er atmet schwer und
fragt sich, woher Cara die Kraft nimmt.
Unterhalb der weggespülten Straße sieht er
sie wieder. Sie füllt ihre Trinkflaschen mit
Wasser. Luke läuft bereits schräg den Hang
hinauf. Dann hört er, wie Cara Geröll
lostritt. Teilweise auf Händen und Füßen
stürmt sie den Hang hinauf.

Auf der Straße holt er sie endlich
ein. „Cara, warte! Ich glaube nicht, dass
Patric uns verrät. Er hat verstanden, was
du meinst. Warum diese Welt hier ein

Geheimnis bleiben muss. Ich habe es in seinen Augen gesehen. Er will nur für sich selbst zurück."

Cara wird langsamer. Sie trinkt hastig, während sie weitergeht. Dann sieht sie Luke an. „Selbst wenn … Allein dass er zurückkehrt ist ein Risiko. Schon um aus dem Schleusenbereich in die Stadt zu kommen. Er wird Fehler machen."

„Du kannst ihn doch nicht zwingen hierzubleiben."

„Er hat sich dafür entschieden, wie wir alle."

„Komm schon, keiner wusste wirklich, wie es sich anfühlt hier draußen zu leben, jeden Tag …"

„Luke, bitte! Patric ist nur ein Mensch. Hier draußen ist eine ganze Welt. Ich habe Sebastians Bücher gelesen. Du kannst dir nicht vorstellen, was geschieht, wenn sich die Schleusen dieser Stadt öffnen und sie nur den Hauch einer Ahnung haben, dass man hier wieder leben kann. Sie nehmen keine Rücksicht. Nicht auf Pflanzen, nicht auf Tiere und nicht auf die Menschen da draußen." Und diese Gedanken bringen sie innerlich zum bersten. Sie schreit und weint. „Er darf nicht zurück! Er darf die Stadt nicht erreichen! Niemals! Er muss das verstehen."

Und die ganze Spannung in ihrem Inneren entlädt sich in einem Sprint. Cara rennt die grüne Schneise hinauf, die einst die Straße war. Bis sie ihren Herzschlag im Hals spürt und kaum noch Luft bekommt.

Luke folgt ihr. Auch er will Patric einholen. Vielleicht finden sie dann gemeinsam einen Weg. Er sucht die Sonne, um die Zeit abzuschätzen, sieht aber nur Wolken, die sich schnell bewegen. Der Wind nimmt zu, als Luke aus dem Tal auf die Ebene kommt. Vor ihm liegt die in dichtem Grün verborgene Stadt, in der sie übernachtet hatten. Dort sieht er auch Cara wieder. Sie verlässt die Straße, um zu ihrem Übernachtungsplatz zu laufen.

Zweifelnd folgt er ihr, dann wird ihm unheimlich zumute. Er sieht, dass Cara den Benzinkanister aus einem der Wracks holt und in ihrem Rucksack verstaut. Cara kommt den Hang herauf.

„Cara, was wird das?" Luke weiß nicht, ob er ihr noch helfen soll, aber er sieht die Angst und Verzweiflung in Caras Augen.

„Ich lasse ihn nicht die Schleuse erreichen, egal, was nötig ist." Sie gibt Luke Erics Trinkflasche. „Hier. Passt nicht mehr rein."

Gedankenverloren verstaut Luke die Flasche in seinem Rucksack. Er weiß nur, dass sie Patric einholen müssen, bevor er sich in einem der Raupenfahrzeuge verstecken kann. Für diesen Fall hat Cara das Benzin. Dann zögert er, als sie nicht zurück zur Straße geht. „Cara?"

Sie zeigt zu einem schiefen, begrünten Gittermasten jenseits der Stadt. „Über die Stromtrasse, sonst schaffen wir es nie."

Luke hat ein ganz mieses Gefühl. „Bei dem Wind?"

Cara hört ihn nicht. Sie verschwindet zwischen Bäumen und Farngras. Als sie am Rand der Schlucht ankommt, ist der Wind

zum Sturm geworden. Sie mustert den
Mast, der über den Abgrund ragt. Zwei der
vier Eckpfeiler wurden mitsamt Fundament
aus dem Boden gerissen. Die anderen sind
unter dichtem Grün verborgen. Der Mast
bewegt sich metallisch knarrend im Wind,
aber dicke Stränge der Kletterpflanzen
halten ihn, ebenso wie die überwucherten
Stahlkabel, die über die Schlucht führen.

„Das ist keine gute Idee." Auch Luke ist
angekommen.

„Das ist schon hundert Jahre so. Und
wir sind doch nur wie Ameisen auf einem
Zweig. Das hält schon." Cara beginnt mit
Hilfe der Pflanzen über die Gitterstreben
hinauszuklettern. Die Haare wehen ihr ins
Gesicht. Die ganze Brücke schaukelt.

Luke bekommt Angst. „Das ist irgendwann plötzlich umgefallen und es wird
ebenso plötzlich in die Tiefe stürzen."

„Aber nicht heute! Und damals waren die
Kletterpflanzen noch nicht gewachsen."

Das stimmt. Luke klettert zaghaft zu Cara
hinaus. Sie ist geschickt, hangelt zwischen

den Pflanzensträngen und sucht mit den Füßen Halt in Verzweigungen. Und das, obwohl sich alles im Sturm bewegt.

Cara ist schon ein ganzes Stück voraus. Luke kann über sie hinweg die andere Seite sehen. Das Ziel. Sicherheit. Keine zweihundert Meter entfernt.

Ein Windstoß holt ihn an seinen Ort zurück. Er hält sich krampfhaft fest, sieht nur das Grün und die Stromkabel, während er einen Fuß neben den anderen setzt. Dann schaut er schnell wieder nach oben und hört das Donnergrollen im Norden. Und dann macht er einen Fehler.

Beim Klettern kommt er immer weiter nach unten. Mit einem Mal kann er unter seinen Füßen den Talgrund erkennen. Die Bäume sehen winzig aus. Aber in Wirklichkeit haben sie mächtige Kronen, so dicht belaubt, dass er den Boden nicht sehen kann. Würden die Bäume ihn auffangen, wenn er fiele?

„Luke!" Das ist Caras Stimme. „Nicht nach unten schauen!"

Aber er kann den Blick nicht lösen. Seine Hände halten verkrampft die Pflanzenäste. Er kann sich nicht bewegen. Angst kriecht in ihm hoch und füllt ihn aus.

„Luke." Caras Stimme ist plötzlich ganz nah. Er spürt eine Berührung auf seinem Arm. Etwas umfasst sein Handgelenk.

„Luke. Sieh mich an."

Er zögert.

„Luke. Ich halte dich. Sieh mich an."

Dann sieht er sie an und dieser Anblick ändert alles. Er sieht etwas in ihren Augen, das er nicht deuten kann, aber es fühlt sich gut an. Es fühlt sich unglaublich gut an. Er sieht ihr Haar im Sturm wehen und hört ihre Stimme über dem Gewittergrollen, ganz nah.

„Ich halte dich, okay? Wir klettern jetzt ein Stück nach oben."

Als sie das geschafft haben, entspannt Luke ein wenig. Die Blätter und Äste unter seinen Füßen verschleiern den Blick in die Tiefe.

„Sieh mich an, Luke. Immer wieder, ja?

Ich bin hier neben dir und wir klettern dort hinüber. Es gibt keinen Sturm und kein Gewitter! Es gibt nur uns und diese Brücke. Luke, wir müssen das schaffen!"

Luke ist wie verzaubert. Er sieht die Tritte und Griffe und Cara. Und es ist seltsam, aber er möchte in diesem Moment nirgendwo anders sein, als hier mit Cara in Sturm und Gewitter auf einer schaukelnden Stromtrasse über dem Abgrund.

Sie haben fast die Felsen erreicht, als Cara mit einem Mal innehält. Sie entdeckt im Gezweig vor ihnen eine Schlange. Ihr dreieckiger Kopf ist so groß wie Lukes Hand und bewegt sich drohend hin und her.

„Ich hab das Buch nicht dabei." Dann hält Luke den Atem an.

Der grün-schwarze Leib der Schlange, gemustert mit cremefarbenen kleinen Rauten, windet sich um Äste und Kabel vor ihnen. Die Schlange scheint überall zu sein. Sie kommen nicht vorbei.

„Ist eine Riesenschlange, nicht giftig." Cara versucht sich vorsichtig der Schlange zu nähern. Vielleicht geht sie ihnen aus dem Weg.

„Aber beißen kann sie trotzdem."

Tatsächlich bewegt sie angriffslustig den Kopf in Caras Richtung. Cara weicht zurück. Die Brücke schwingt hin und her. Der Sturm tobt. In der Ferne ein Donnerschlag. Caras Unmut steigt. Das kann doch nicht wahr sein, sie sind fast da. Sie schreit die Schlange an. „Hau ab, verdammt nochmal. Es ist doch auch deine Welt. Wir müssen weiter. Wir müssen hier vorbei!" Cara schimpft auf die Schlange ein, rüttelt wie wild an den Planzensträngen, stampft mit den Füßen, springt auf und ab und rutscht aus.

Sie hält sich mit den Händen, aber ihr Körper baumelt zwischen den Kabelsträngen über dem Abgrund.

Luke ist wie erstarrt, er hält sich krampfhaft fest und weiß nicht, was er machen soll.

Die Schlange bleibt, wo sie ist. Sie weicht nicht zurück und sie greift nicht an. Sie verteidigt nur ihren Platz.

Nach dem erstem Schreck hievt Cara ihre Beine auf das unterste Kabel und greift es auch mit den Händen. Dann hangelt sie mit dem Rücken zum Abgrund unter der Schlange entlang Richtung Festland.

Die Schlange folgt ihr nicht.

Cara schwingt ihre Füße auf einen Felsvorsprung und es gelingt ihr sich an den Pflanzen hinüberzuziehen. Sie schaut zu Luke und weiß, dass er das niemals schaffen würde.

Deshalb sucht sie den Schwanz der Schlange. Sie lehnt sich hinaus und packt die schuppige Haut. Sie fühlt sich glatt und seidig an. Cara zieht. Die Schlange will sich befreien, aber Cara hält mit aller Kraft dagegen. Sie kann das Reptil nicht auf die Felsen ziehen. Das will sie auch gar nicht. Aber die Schlange windet sich nun im Geäst und versucht ihren Schwanz zu verteidigen. Das ist Lukes Chance.

„Luke, komm schon!"

Und Luke klettert oben durchs Gezweig. Cara lässt die Schlange los, zieht aber

weiterhin ihre Aufmerksamkeit auf sich.
Schnell hat Luke des Felsplateau erreicht.
Er hilft Cara nach oben. Die Schlange
blickt ihnen nach.

Das Gewittergrollen begleitet sie in den
Wald. Es beginnt zu regnen und durchnässt
erreichen sie die Straße. Ihr Blick geht weit.
Wo ist Patric? Sie rennen die Straße entlang,
finden einen gemeinsamen Rhythmus.
Die dunklen Wolken lösen sich auf, und
ihre Sachen beginnen zu trocknen. Cara
bekommt Durst und wird langsamer.

Luke sieht ihr in die Augen, als sie den
Rucksack absetzt. „Was machen wir, wenn
wir ihn einholen?"

Cara holt eine Flasche heraus. „Ich
weiß es nicht, Luke. Ich weiß es nicht."
Sie schüttelt den Kopf, ist den Tränen
nah. „Ich weiß nur, dass wir ihn einholen
müssen. Bleib bei mir."

Luke nimmt sie in die Arme und sie
halten sich gegenseitig, bis sich ihr Atem
beruhigt.

Dann trinkt Cara in einem einzigen Zug

die Flasche leer und rennt weiter. Bald sehen sie den Mast unten im Wald. Sie steigen über die Planke und in diesem Moment zieht Cara Luke hastig hinter einen Strauch.

Sie flüstert, bevor er etwas sagen kann. „Da ist jemand auf der Straße."

Luke blinzelt durch den Busch. Er sieht zwei Gestalten, die schnell näherkommen. Luke steht auf. Es sind die beiden Männer von gestern.

Cara winkt ihnen kurz zu, doch schon läuft sie mit schnellen Schritten den Hang hinab. Sie weicht Felsen und Büschen aus und versucht ihren Spuren von gestern zu folgen.

Die Sonne senkt sich Richtung Horizont. Die Raupenfahrzeuge werden jeden Moment ihre Proben sammeln. Luke winkt den Männern ihm zu folgen. Er weiß nicht, wieviel sich Rica und Eric zusammenreimen konnten, aber er weiß, dass keine Zeit für Erklärungen ist. Zu dritt folgen sie Cara.

Dann geht alles rasend schnell.

Luke hört das Geräusch eines der Fahrzeuge. Er erreicht das Felsplateau mit Blick auf das Wegenetz. Cara steht am Rand, winkt und schreit.

„Patric warte! Tu das nicht. Verdammt nochmal! Nein!"

Dann fährt sie herum, sucht auf dem Boden nach Steinen zum Werfen und entdeckt Luke und die zwei Männer. Cara ist außer sich. Sie schreit die Männer an. „Wir müssen ihn aufhalten!"

Aber die Männer blicken nur fragend zurück.

Luke sieht, wie das Fahrzeug stehenbleibt und langsam die Ladeluken öffnet. Der Greifarm bewegt sich nicht. Patric kniet auf dem Boden und steckt soeben den Computer zurück in den Rucksack.

Luke winkt mit beiden Armen. „Patric, bitte bleib!"

Patric will nichts hören. Er schaut nicht einmal zu Luke hinauf. Schnell klettert er über die Raupenkette auf das Fahrzeug.

Da erscheint Cara neben Luke und schleudert einen Speer auf Patric. Der Holzspeer trifft das Fahrzeug, bricht mit lautem Knacken und faucht propellerartig durch die Luft. Cara entreißt auch dem jungen Mann seinen Speer und wirft.

Als Patric in die Luke steigt, durchbohrt der Speer den Rucksack in seiner Hand. Die Wucht reißt Patric herum, der Rucksack samt Speer poltert über das Fahrzeugdeck und landet im Sand. Patric wird kreidebleich. Er sinkt in den Laderaum und die Luken schließen sich über ihm.

Noch bevor sich das Fahrzeug in Bewegung setzt, ist Cara am Felsabbruch, der nach unten führt. Sie springt abwärts, gleitet aus im Geröll, stürzt und rutscht seitlich hinab. Ihr Rucksack behindert sie. Cara bremst mit Händen und Füßen in einer Wolke aus Staub. Sie kommt auf die Beine und rast weiter.

Luke muss langsam machen. Eine Gerölllawine, wie Cara sie vor sich hertreibt, darf er nicht auslösen. Die Steine würden das Mädchen am Hang unter ihm treffen. Unten angekommen rennt Luke durch den Wald. Er schlägt mit den Armen Farne und Zweige zur Seite. Bäume rasen an ihm vorbei. Dann ist er auf einer der Raupenpisten. Aber auf welcher? Egal. Sie treffen sich alle irgendwo vor der Rampe am Kristallbeton.

Luke wird schneller und sieht Cara an einer Weggabelung. Von links kommt ein Raupenfahrzeug. Cara zerrt panisch den Benzinkanister aus dem Rucksack, drückt zwei Feuergummis aneinander und auf den Kanister.

„Cara, nicht!"

Bevor Luke sie daran hindern kann, schleudert sie ihre Bombe Richtung Raupenfahrzeug.

Luke folgt dem Benzin mit den Augen. Der Kanister ist zu schwer und fliegt nicht sehr weit. Vor dem Fahrzeug schlägt er auf den Boden und rollt unter eine Raupenkette. Dann zündet das Feuergummi. Luke wirft sich zu Boden.

Cara sieht, wie eine Feuerwalze das Fahrzeug hochwirbelt. Die Laderaupe dreht sich um ihre Längsachse und kracht auf die Seite. Cara wendet sich ab und hebt die Arme vors Gesicht. Dann prasseln Dreck und Steine auf sie ein. Die heiße Druckwelle der Explosion wirft sie um und schiebt sie durch Laub und Gestrüpp. Schwarzer Rauch steht in der Luft.

Luke erhebt sich unverletzt und stürzt zu Cara hinüber. Sie richtet sich langsam auf. Die linke Seite ihres Gesichtes und ihre Hände sind voller kleiner Wunden.

„Cara." Lukes Stimme klingt gleichzeitig froh und besorgt. Froh, weil Cara sich bewegen kann, besorgt, wegen des Blutes in ihrem Gesicht.

Aber Cara starrt an ihm vorbei. Lukes Augen folgen ihrem Blick. Das Fahrzeug liegt auf der Seite. Die Ladeklappen sind aufgerissen. Im Inneren sieht Luke nur Laub und Zweige.

Ein zweites Raupenfahrzeug nähert sich und fährt an ihnen vorbei. Cara springt auf, ohne Luke zu beachten. Sie rennt auf das Fahrzeug zu. Aber seitlich sind die schnell drehenden Antriebsketten über die gesamte Länge. Cara kommt nicht heran. Sie sprintet nebenher und sucht einen Weg, um auf das Fahrzeug zu gelangen.

Da schwenkt die Piste nach links und umgeht einen kleinen Felshügel. In vollem Tempo stürmt Cara die Felsen hinauf. Das Fahrzeug ist neben ihr. Unter ihr. Mit einem hellen Schrei springt Cara vom Fels auf die Ladeklappen. Der Aufprall lässt sie straucheln. Sie stürzt nach hinten auf das Fahrzeugdeck, kann sich aber festhalten.

Luke rennt hinterher. Er beobachtet, wie Cara versucht den Laderaum zu öffnen. Sie hat Mühe ihr Gleichgewicht zu halten, wenn die Raupe ihre Richtung ändert, um dem Weg zu folgen. Cara zerrt an den Klappen herum und tritt mit den Füßen dagegen. Aber sie bekommt den Laderaum nicht auf. Sie klettert nach vorn und schlägt verzweifelt mit Händen und Füßen auf die Visiereinrichtung des Fahrzeugs ein.

Dann zieht sie ihr Hemd aus und wickelt es über die Optik. Das Fahrzeug ist blind.

Es bleibt so plötzlich stehen, dass Cara den Halt verliert und herunterstürzt. Sie fängt sich mit den Armen ab, rollt über den Boden und liegt im Staub. Schwer atmend erhebt sie sich vor der Laderaupe auf Hände und Knie. Erschöpft setzt sie sich auf und beginnt zu lächeln. Sie hat es geschafft. Das muss Patrics Fahrzeug sein, und es wird die Stadt nicht erreichen.

Erleichtert kommt Luke bei Cara an. Glücklich blickt sie zurück. Er kniet sich zu ihr und sie umarmen sich.

Mit einem Mal sehen sie hastig zum Fahrzeug. Es summt und zischt im Inneren. Es gibt mehrere Systeme der Navigation. Die Laderaupe erwacht zu neuem Leben und fährt ohne Warnung los.

„Runter!" Luke zieht Cara neben sich zu Boden.

Die Raupe fährt über sie hinweg. Eine Kette rechts, eine Kette links. Kleine Steinchen spritzen Cara und Luke in ihre

Gesichter. Dann springen sie auf und rennen dem Fahrzeug hinterher. Aber Cara bleibt zurück. Sie kann nicht mehr richtig auftreten. Ihr Knöchel ist verstaucht. Unter Schmerzen aufstöhnend wird sie immer langsamer.

Auch Luke kann das Fahrzeug auf der kurzen Strecke bis zur Rampe nicht einholen. Schwer atmend bleibt er stehen, als die Laderaupe zur Kristallfläche hinauffährt.

Cara stolpert wie im Rausch an Luke vorbei, Patric hinterher. Sie muss ihn aufhalten. Er darf die Stadt nicht erreichen.

Aber Luke fängt sie ein. „Cara bleib hier. Es ist vorbei." Er hält sie mit beiden Armen fest an sich gepresst.

Erst nach einer ganzen Weile weicht die Spannung aus ihrem Körper und Cara weint. Sie schlingt die Arme um Luke und vergräbt ihr Gesicht an seiner Schulter, niedergeschlagen und unendlich traurig.

Durch einen Tränenschleier sieht sie die beiden Männer näherkommen. Der junge Mann trägt seinen Speer und bringt

Patrics Rucksack. Der Ältere bringt eine Handvoll Kräuter und bietet sie Cara für ihre Wunden an.

Nun kann Cara ihr Schluchzen nicht mehr zurückhalten und alle Tränen der Welt ergießen sich aus ihren Augen.

Sie war so glücklich hier. Jetzt ist alles vorbei. Es gibt keine Zukunft.

Zukunft

Nach dem Tod des Mädchens kann Sebastian keinen klaren Gedanken fassen. Er sitzt an einen Stahlträger gelehnt im Kuppeldach und starrt vor sich hin. Am späten Nachmittag schwärmen erneut Raupenfahrzeuge aus. Nach einer Weile kommen sie zurück. Wie an jedem anderen Tag. Einmal morgens, einmal nachmittags, als wäre nichts passiert. Es sind Maschinen, ohne Blick auf das ganze Bild, ohne Verständnis, ohne Vernunft. Sie folgen speziellen Programmen und bemerken nicht, dass da draußen fünf junge Menschen sterben.

Sebastian weiß nicht, wie er abends nach Hause gekommen ist. Sein Leben folgt nun auch einem bestimmten Programm, der Gewohnheit.

Den zweiten Tag nach dem Unglück verbringt er gedankenverloren zwischen seinen Büchern. Niemand wird kommen, um sie zu lesen oder auszuborgen.

Auch am dritten Tag sieht er noch die Bilder vom Tod des Mädchens in seinen Gedanken. Es muss auch den anderen so ergangen sein. Er sucht nach Gründen, dass es nicht so wäre. Er findet aber keine. Wenn das Mädchen die Luft nicht atmen konnte, dann die anderen doch auch nicht, oder? Trotzdem stimmt irgendetwas nicht.

Er klettert noch einmal hinauf in die Kuppel! Sein Blick schweift über den Wald dort draußen. Er sieht Vögel in der Luft und weit entfernt in den Bäumen. Er sieht in Gedanken das Mädchen sterben. Aber woran? Radioaktivität verursacht einen anderen Tod. Die Strahlenkrankheit sieht anders aus, wirkt längst nicht so schnell wie in diesem Fall.

Viele Stunden sitzt er dort oben und seine Gedanken kreisen um den Tod des Mädchens. Dann beobachtet er, wie die

Nachmittagsraupen hinausfahren. Die ersten von ihnen kommen zurück. Und plötzlich sieht er den Feuerschein einer Explosion zwischen den Bäumen und einen schwarzen Rauchpilz, der in den Himmel steigt.

Vollkommen verwirrt springt Sebastian auf und starrt nach draußen. Das ergibt keinen Sinn. In seinen Augen ist nichts mehr klar. Weitere Fahrzeuge kommen zurück. Eins nach dem anderen fahren sie in gerader Linie zur Schleuse. Am letzten Fahrzeug entdeckt Sebastian einen olivgrünen Stofffetzen, der um die Visiereinrichtung gewickelt ist.

Sebastian klettert so schnell er kann nach unten und ruft eines der sündhaft teuren Lufttaxis. Er muss nach Hause und dann in Windeseile zurück zum Schleusenbereich.

Gedanken überschlagen sich in seinem Kopf. Es gelingt ihm aber nicht sich vorzustellen, was passiert sein könnte. Er weiß nur eines genau: All das hat mit seinen

Freunden zu tun und es ist noch nicht vorbei!

Das Lufttaxi wartet vor dem Eingang zu seiner Wohneinheit.

Zu Hause angekommen öffnet Sebastian mit leisem Zischen den kleinen Trockensafe. Mit fahrigen Bewegungen holt er ein großes, schweres Buch heraus und schlägt es auf. In einem Geheimfach im Inneren liegen eine halbautomatische Pistole vom Typ Beretta M9 und zwei Magazine. Eines der Magazine ist voll. Bei dem anderen fehlen sechs der fünfzehn Patronen.

Sebastian weiß nicht, ob die Frau von diesem Waffenversteck wusste, von der er vor vielen Jahren all seine Bücher bekam. Er jedenfalls hatte die Beretta entdeckt und unter der Stadt in einem alten, stillen Schacht auch ausprobiert. Für die Munition war es wichtig, dass sie so trocken wie möglich gelagert wurde. Deshalb der Safe mit Unterdruck und Null Prozent Luftfeuchtigkeit im Inneren.

Sebastian hat die Waffe gepflegt und den

Umgang mit ihr wieder und wieder geübt. Er wusste nicht weshalb. Es gibt keine Gewalt mehr innerhalb der Kuppelstadt. Aber in diesem Moment fühlt er, dass er die Waffe dabeihaben muss. Er steckt das volle Magazin in seine Manteltasche und schiebt das Magazin mit den verbleibenden neun Patronen, von dem er weiß, dass es funktioniert hat, in die Waffe.

Mit geübter Hand zieht er den Schlitten zurück, um die erste Patrone in den Lauf zu befördern und die Waffe zu spannen. Sein Daumen drückt den Sicherungshebel nach unten auf „SAFE". Dann eilt er hinunter zum Taxi und fährt zum Schleusenbereich.

Er lässt sich absetzen und läuft unruhig vor den türlosen Wänden auf und ab. Die Fassade ist keine hundert Schritte lang. Gegenüber sind Eingänge zu Wohneinheiten und kleine Geschäfte. Menschen gehen an ihm vorbei, die Blicke auf Hologramme über ihren Armbändern gerichtet oder angeregt vor sich hin sprechend.

Sebastian stellt sich in einen Wohnungs-
eingang und beobachtet die konturlose
Hausfassade gegenüber. Wenn ihn jemand
fragen würde, wieso, hätte er keine
Erklärung geben können. Schon gar nicht,
warum er eine geladene Pistole in der Hand
hält und in seiner Manteltasche verbirgt.

Es ist eine Ahnung, es ist ein Gefühl.
Er sah Cara oder Rica sterben und weiß,
dass ihr Tod nur ein kleines Puzzleteil
einer nebelhaften Geschichte ist, die dort
draußen begann und die sich hinter diesen
Wänden fortsetzt.

Dann bricht die Fassade auseinander.
Wandelemente fliegen krachend auf das
Pflaster. Aluminiumprofile werden aufge-
bogen und bersten, als ein Raupenfahrzeug
die Schleusenwand durchbricht. Menschen
laufen schreiend durcheinander, Klirren
und Scheppern erfüllt die Luft. Kurz
hinter der geborstenen Fassade bleibt das
Fahrzeug stehen.

Sebastian sieht den olivgrünen Stoff an
der Visiereinrichtung. Dann erscheint eine

Gestalt im Trümmerbereich. Patric klettert hastig über verbogene Metallelemente und zerfetzte Isolierplatten ins Freie.

„Patric!" Sebastian ist einerseits schockiert, andererseits erfreut den Jungen lebend zu sehen.

Patric sieht ihn erstaunt an, unfähig ein Wort zu sagen.

Sebastians Blick schweift unruhig von Patric zu den Menschen. Sie sehen fragend auf ihre Armbänder oder verlassen zügig den Ort des Geschehens. Dann stürzt Sebastian an Patric vorbei zum Fahrzeug, klettert auf die Raupenkette und entfernt den Stoff von der Optik. Er steckt Caras Hemd in seine linke Manteltasche und wendet sich Patric zu. Sie müssen hier weg, schnell. Er bedeutet dem Jungen ihm zu folgen und erstarrt. Über Patrics Gesicht tanzt der Laserpunkt einer Zieleinrichtung.

*

Patric wundert sich, wieso Sebastian an ihm vorbeiläuft und auf das Fahrzeug klettert. Er fragt sich, was das für ein Stoff

ist, den der alte Mann in die Tasche steckt.
Dann kommt Sebastian zurück, drängt
Patric zum Gehen, bleibt plötzlich selbst
wie angewurzelt stehen und starrt Patric an.
Das Gesicht des alten Mannes wird bleich
vor Schreck. Patric sieht, wie Sebastian
dann nach links schaut und mit einem
Mal hart und entschlossen wirkt. Der alte
Mann dreht sich um und reisst beide Arme
nach oben. Seine rechte Hand führt eine
Pistole, die er mit der linken Hand abstützt.
Beide Arme sind fast vollkommen gestreckt.

Erschrocken schaut Patric in die Höhe
und entdeckt eine schwarze Drohne, die
zwischen den Häusern schwebt. Er blickt
in die Mündung einer automatischen
Waffe, genau mittig unter dem Rumpf der
Drohne, und wird geblendet vom Laser
ihrer Zieleinrichtung. Er kann nicht sehen,
wie Sebastian seine Waffe entsichert und
dann abdrückt. Aber er hört die ohrenbe-
täubenden Explosionen der Treibladungen
der Patronen und sieht die Einschüsse in
der Hauswand hinter der Drohne.

Sebastian schießt das ganze Magazin leer, bis eine Kugel das unbemannte Luftfahrzeug vom Himmel holt. Die Drohne dreht sich um sich selbst, taumelt in engen Schleifen zu Boden und zerschellt auf der Straße.

Während Servicefahrzeuge die Unglücksstelle abriegeln, verschwinden Patric und Sebastian zwischen den aufgeregten Menschen. Bald erreichen sie einen belebten Platz. Sie setzen sich auf eine Bank im Trubel der Metropole. Patric schlottern die Knie. Sein Atem beruhigt sich nur langsam.

Auch Sebastian zittern noch die Hände. „Patric, erzähl! Ich habe eines der Mädchen sterben sehen. Was ist passiert? Wie geht es den anderen?"

Patric ist erstaunt. „Was? Sterben? Nein! Niemand ist gestorben."

„Rica oder Cara. Eine von ihnen muss es gewesen sein, gleich am ersten Tag."

„Nein! Cara hatte etliche Schrammen, sie sagte, sie musste irgend so einen Abhang runter …"

Sebastian neigt den Kopf zur Seite und versucht Caras Verhalten zu verstehen. Er erinnert sich, wie er ihr das Lexikon über militärisches Grundwissen abgenommen hat und stattdessen die Bücher über das Leben der Aborigines gab. Und wie sie diese nicht mehr aus den Händen legen konnte. Langsam beginnt er zu nicken, vor allem, als Patric weitererzählt.

„Cara wollte nicht, dass ich zurückkäme, wir dürften keine Spuren hinterlassen. Sie hat mich verfolgt, dachte, ich würde sie alle verraten. Es leben noch mehr Menschen da draußen. Cara war wie wahnsinnig, ich glaube, sie hätte mich umgebracht, wie …" Patric sieht sich ängstlich um, sein Atem geht schwer, er hat Schweißperlen auf der Stirn. „… wie diese Drohne."

Auch Sebastian schaut über die Schulter.

Patrics Stimme zittert. „Denkst du, es kommen noch mehr?"

„Ich weiß es nicht." Sebastian klingt nachdenklich. Eine Ahnung ergreift von ihm Besitz. „Aber du siehst, dass die Welt

da draußen von hier drin beschützt wird.
Die Maschinen hüten das Geheimnis mit
allen Mitteln." Er sieht Patric eindringlich
an. „Du hast es niemandem erzählt, keine
Verbindung aufgenommen, als du in der
Schleuse ankamst?"

„Nein. Ich habe Cara und Luke schon
verstanden. Dass die Menschen nicht bereit
sind für die Natur da draußen. Ich kann
ja selbst nicht so leben. Ich wollte nur für
mich zurück …"

Die Computer der Stadt schicken keine
weiteren Drohnen, denn sie verfolgen das
Gespräch der beiden und beobachten und
analysieren und scheinen alles zu wissen.
Aber niemals werden sie die Begeisterung
verstehen, die Patric und Sebastian von jetzt
an teilen, wenn sie die alten Bücher lesen,
oder die Freude, die sie empfinden, wenn
jemand kommt, um sich ein Buch zu leihen.

Und am wenigsten verstehen die Computer die Natur selbst, die Cara und Luke,
Rica und Eric und ihre große Familie da
draußen umgibt …

*

Der Schatten des geborstenen Tank-
schiffes reicht bis zu den Dünen. Caras
Blick schweift über die riesigen von Wellen
umspülten Wrackteile. Unmengen von Öl
müssen damals die Gewässer und Strände
verschmutzt haben. Wieviele Katastrophen
hat die alte Welt gesehen?

Einige Jahre sind vergangen. Cara weiß
es nicht sicher, aber das Geheimnis ihrer
Welt scheint in guten Händen zu sein bei
Patric und Sebastian.

Es gibt viele Stämme von Menschen
hier draußen. Sie ziehen glücklich durch
das weite Land. Sie folgen den Jahres-
zeiten, dem Wasser und der Nahrung
auf bekannten Pfaden. Gute Lagerstellen
und heilige Orte werden zur selben Zeit
eines Jahres immer wieder aufgesucht.
Mit Hilfe von Felsmalereien werden an
diesen Plätzen Geschichten vergangener
Zeiten lebendig. Auch die Geschichte von
Patric, Eric und Rica, Cara und Luke
wurde in ockerfarbenen Bildern im Schutz

überhängender Felsen für die Ewigkeit festgehalten.

Auf einmal spürt Cara eine Berührung an der Hand. Ein kleines Mädchen holt sie aus ihren Gedanken und führt sie zu den Männern und Frauen, die über die Dünen zum Strand kommen.

Viele Kinder spielen bereits mit den Wellen. Auch Rica und Eric sind im Wasser, ihr winziger Sohn auf Erics Arm.

Luke steht in der Sonne und wartet. Cara lässt sich von Patricia zu ihm ziehen. Dann greift Patricia auch Lukes Hand. Schnell wie der Wind rennen sie über den Sand.

Cara links, Luke rechts, Patricia in der Mitte. Sie lacht und strahlt.

„Englein, Englein, flieg!"

Und Cara und Luke schwingen sie an den Armen hoch in die Luft.

Ende

Schlusswort

Wie in vielen meiner Romane gibt es die beschriebenen Landschaften wirklich. Als Vorbild für die Kuppelstadt dient Sydney in Australien. Die tiefe Schlucht liegt westlich vom Mount Banks im Blue Mountains National Park, die Stromtrasse entspringt meiner Fantasie. Die überwachsene Stadt könnte Blackheath sein, der Fluss Adams Creek. Die geborstene Staumauer gehört zum Lake Medlow. Als Vorbild für die Trümmer dienen die Überreste vom Staudamm Malpasset in Südfrankreich, dessen Bruch im Jahre 1959 eine schlimme Katastrophe war.

Die beschriebenen Tiere leben in der Wildnis Australiens, die Riesenschlange auf der grünen Brücke ist eine Diamond

Python. Und natürlich bin ich Aborigines begegnet, lernte ihre traditionelle Lebensweise kennen und hatte wunderbare Erlebnisse bei Streifzügen durch den australischen Busch.

Vieles an unserer modernen Gesellschaft ist nicht richtig. Vor allem aber die Art und Weise, wie wir unsere Erde behandeln und wie wir sie unseren Nachfahren hinterlassen. Wenngleich wir unser Verhalten nicht ändern können, vermisse ich die Demut vor der wundervollen Natur, die wir immer weiter zerstören. Die Überbevölkerung ist meines Erachtens das größte Problem. Ein Achtel der Menschheit könnte unsere Erde vielleicht verkraften. Möge das Buch zum Umdenken anregen.

Ein besonderer Dank geht an meine Tochter Nicole für die unschätzbaren Hinweise zur Gestaltung des Einbandes.

Andre Pfeifer
Mai 2019

Eine spannende, wie auch kritische Fantasygeschichte
über Tore in andere Welten. Träume führen Kinder
nach Naterra. Aber ein Schatten liegt nicht nur auf
der Traumwelt Naterra, sondern auf jeder Welt
im Universum, auch auf unserer.

Im Buchhandel für 12,90 €
ISBN 978-3-7557-5300-1